RHOFIO A RHWYFO

Rhofio a Rhwyfo

Meirion Evans

Argraffiad cyntaf—1998

ISBN 1 85902 628 1

ⓗ Meirion Evans

Dymuna'r cyhoeddwyr gydnabod cymorth
adrannau Cyngor Llyfrau Cymru.

*Argraffwyd gan
Wasg Gomer, Llandysul, Ceredigion*

I'r plant
Nest a Geraint
ac i'm chwaer
Glynwen

Rhagair

Prin iawn yn y Gymraeg yw llenyddiaeth ffuglennol sy'n ymdrin â bywyd cymoedd diwydiannol y De. Fe gafwyd yn y pedwar-degau ryw gipolwg—annigonol ar lawer ystyr—ar fyd glowyr y Rhondda yn nofel T. Rowland Hughes, *William Jones*. Ond golwg o'r tu fa's oedd honno gan awdur na fuasai erioed yn perthyn i'r gymuned y soniai amdani. Tua'r un adeg fe luniodd Islwyn Williams ei straeon yntau, ond roedd y rheiny'n wahanol am eu bod yn mynegi profiad yr awdur o'i gynefin ei hun, a phobol ei bentref ei hun yn holl droeon eu gyrfaoedd oedd deunydd ei waith. Ar y cyfan, ysgafn oedd storïau Islwyn Williams, ond fe allai ar brydiau lunio stori ddwys ei naws a thrist ei darlun. Roedd yn fwriad gan Gwenallt lunio nofel am gefndir diwydiannol ei fagwraeth yntau ym Mhontardawe a'r Alltwen, ond deunydd ar gyfer nofel yw *Ffwrneisiau*. Pe cawsai Gwenallt fyw, buasai'r llyfr hwnnw hefyd yn ddarlun o'r bywyd yr oedd yr awdur ei hun yn gyfarwydd ag ef o'r tu mewn, fel petai, yn hytrach nag o'r tu allan. Fe ddwedodd Gwenallt rywdro am y cynefin diwydiannol yng Nghwm Tawe—'*Roedd bywyd yn galed, caled fel asgwrn*'. Ac fe gafwyd, wrth gwrs, yn rhai o gerddi Gwenallt, yr ymdeimlo â'r caledi hwnnw.

Mae Ystalyfera a'r Alltwen ar briffordd Cwm Tawe. Ni ellir hawlio bod y Felindre—yn ddaearyddol felly —yn y Cwm, ond mae'n ddigon agos. Yn ôl Gwenallt, pentre diwydiannol, gwledig oedd Pontardawe; pentre gwledig yw'r Felindre sydd o fewn cyrraedd y pyllau glo. A brodor o'r pentre hwnnw yw Meirion Evans. Colier oedd ei dad, ond colier oedd yn hwsmona'i dyddyn yng Nghoed-Cae-Croes. A cholier hefyd oedd ei dad-cu, Isaac Evans—dyn diwylliedig, bardd gwlad, a chymeriad cadarn. Ac nid oes amheuaeth yn fy meddwl i fod awdur *Rhofio a Rhwyfo* wedi etifeddu dawn greadigol ei dad-cu ac wedi elwa ar brofiadau ei dad dan ddaear. Fe amlygodd Meirion Evans ei grefft storïol eisoes, yn nwy gyfrol *Straeon Ffas a Ffridd*, straeon a luniwyd yn wreiddiol ar gyfer eu darlledu ar Radio Cymru. Ysgafn a doniol oedd y storïau hynny, ond fel Islwyn Williams o'i flaen fe ŵyr Meirion Evans nad chwerthin yn unig yw bywyd neb. Dwyster yw prif nodwedd ei gyfrol ddiweddara. Mae *rhofio*—i ddram yn eigion y ddaear neu i geg uffernol ffwrnais y gwaith dur—yn weithred gorfforol. Ond mae'n fwy na hynny o gofio am y rhofio ffigurol a wnaed gan weithwyr y diwydiannau trymion i goffrau aur y perchenogion goludog. Gweithred gorfforol yw *rhwyfo* hefyd. Ond mae'n fwy na hynny o gofio am y rhwyfo sy'n sugno egni'r enaid pan fydd y rhwyfo'n digwydd yn erbyn grym y lli. A'r rhwyfo hwnnw a welir yn y gyfrol hon. Caledi a blinder, anghydfod a diflastod, brwydro a gobeithio. A gweld ambell lygedyn yn sbarc yn y gwyll. Dyna yw straeon y gyfrol hon. Diflas, meddech chi. Dim o gwbl. Mae'r straeon yn ddifyr am fod gan yr awdur y ddawn i gladdu perlau hwnt ac yma yn y pridd. Ac mae'r rheiny'n goleuo'r dwyster. Awdur sy'n nabod ei gynefin yw awdur y straeon hyn, ac mae iaith y cynefin hwnnw'n bywiocáu'r traethu. A'r tu ôl i'r cyfan mae sensitifrwydd bardd *Y Corn Olew*.

Hyderaf nad y rhain fydd yr olaf o straeon Meirion Evans am bobol y ffas dywyll a'r ffridd agored olau.

Dafydd Rowlands

Cyflwyniad

Dyma wyth stori fer a ddanfonwyd i gystadleuaeth Y Fedal Ryddiaith yn Eisteddfod Genedlaethol Cymru, Bro Ogwr, 1998. Fe wêl darllenwyr y *Cyfansoddiadau a Beirniadaethau* i mi newid enw'r gyfrol a'i galw yn *Rhofio a Rhwyfo* yn hytrach na 'Llwch y Llawr'. Ar wahân i hynny y mae'r storïau'n ymddangos yma yn union fel yr anfonwyd hwy i'r gystadleuaeth.

Diolchaf am sylwadau caredig y beirniaid ac am yr anogaeth i gyhoeddi. Y gofyn oedd am gyfrol o ryddiaith â chefndir diwydiannol, a chan fod fy nhad a'm teidiau a'm hen-deidiau, ynghyd ag aelodau eraill o'r teulu, wedi ennill eu bara o dan y ddaear, yr oedd yn naturiol i destun fel hwn apelio at un fel fi.

Y mae'r diwydiannau trymion erioed wedi fy nhynnu i ddau gyfeiriad gwahanol. Ar y naill law bu iddynt greu gwaith a chynhaliaeth, a thyfodd o'u hamgylch gymunedau clòs, Cymraeg eu hiaith. Ar y llaw arall gofidiais o weled y 'staen a'r graith' a adawyd ar dirlun Cymru ac ar fywydau gweithwyr a'u teuluoedd. Ni ddeallais erioed yr angen am ddifetha ffermydd da i godi diwydiannau pan ellid, yn fy marn i, fod wedi defnyddio daear salach i'r un amcan. Gwelais lawer cydnabod, ynghyd ag aelodau o'm teulu, yn dioddef o glefyd enbyd y llwch, eraill yn dioddef o ganlyniad damweiniau erchyll, a rhai'n mynd i'w diwedd. Rwyf yn ymwybodol o'r tyndra a achosir o fewn teuluoedd o ganlyniad i ddiweithdra'n torri ffon eu bara, heb sôn am y gofid o weld rhai hen gymunedau diwydiannol yn colli gafael ar yr iaith. O'r trafferthion hynny y tyfodd storïau *Rhofio a Rhwyfo*.

Digwyddodd un peth i ganolbwyntio fy meddwl ar y problemau hyn, sef darllen cyfrol gampus yr Athro Hywel Teifi Edwards, *Arwr Glew Erwau'r Glo*. Yn ei ragymadrodd y mae'r awdur yn trafod y mathau o lenyddiaeth Gymraeg sydd yn ymwneud â'r diwydiant glo a'i weithwyr. Yn sicr ddigon, bu darllen hwn yn symbyliad i mi ddechrau ysgrifennu y gyfrol hon o storïau.

Diolch unwaith eto i'r tri beirniad am osod gwaith *Morgan* mor agos i'r brig yn y gystadleuaeth, i Wasg Gomer am gynhyrchu cyfrol mor gymen ac i Gyngor Llyfrau Cymru am bob cefnogaeth. Yn olaf, ond ymhell o fod yn lleiaf, diolch i Dafydd Rowlands am ei gymwynas fawr yn cydsynio â'm cais i gynnwys rhagair i'r gyfrol. Y mae ei sylwadau yn ychwanegiad tra gwerthfawr.

Meirion Evans

Cynnwys

1   Colli Tir

Mi fyddai'n anodd iawn i'w cydnabod, heb sôn am ddieithriaid, ddychmygu y gallai fod unrhyw berthynas waed rhwng Tomos a Jac. Ac er bod y naill wedi hen groesi'r pedwar ugain oed a'r llall yn cyflym dynnu ato, ni wnaeth treigl y blynyddoedd un dim i'w tynnu'n agosach. Yn frodyr i'w gilydd, yn byw yn yr un ffermdy ac yn hen lanciau dibriod. A dyna lle y terfynai pob tebygrwydd. Gŵr tal, esgyrnog, wynepllwyd oedd Tomos. Yn wir, yr oedd yn llwyd o'i ben i'w draed ar wahân i'r rhimyn melyn ar odre ei fwstás, olion blynyddoedd o dynnu cyson ar ei bibell. Gwisgai het ddi-bluen waeth pa dasg y byddai'n ymgodymu â hi, o ganlyn aradr hyd at leitho'r lloi. Yr oedd hyd yn oed ei het odro yn un a fu, rywbryd yn y gorffennol pell, yn het ddydd Sul. Er ei feined a'i ysgafned, yr oedd bob amser yn araf ei gam ac yn arafach fyth ei barabl. Pe holid ef am beth mor syml â phris y farchnad byddai rhaid iddo cyn ateb dynnu ddwywaith ar ei bibell, poeri i'r tân, a chodi ei olygon i gyfeiriad y trawst mawr deri oedd yn cynnal y llofft uwchben y gegin. Ar y trawst yr oedd plant y tair cenhedlaeth a'i blaenorodd wedi cerfio eu henwau'n ddwfn i'r pren. Byddai Tomos fel pe bai'n ymbil am gymorth doethineb ei gyndadau oedd uchod cyn mentro cynnig ateb. Rhwng yr ymddygiad doeth a phwyllog, a'r pryd a gwedd esgyrnog a llwydaidd, nid oedd yn annhebyg i'r darlun o'r sant delfrydol, ac ym meddwl rhai plant ef oedd Iesu Grist yr Ysgol Sul.

Ond nid felly mo Jac. Un byr, boldew, wynepgoch

oedd ef. Wrth siafio byddai'r rhasel yn dechrau ar ei gwaith rhyw fodfedd islaw ei ddwy glust gan adael tyfiant fel llwyni eithin o boptu ei wyneb. Roedd hynny'n ddiau i wneud iawn am foelni ei gorun. Nid na welai'r corun hwnnw ryw lawer o olau dydd oherwydd byddai bob amser wedi ei orchuddio â chap, a hwnnw fel petai wedi ei daflu o bell a glanio arno'n gam ac ansicr ei afael. Gwisgai drowsus melfaréd a'i odre'n cŵyro brig yr esgidiau melyn oedd yn cydweddu â'i siaced. Yr oedd ei wisg a'i ymarweddiad yn creu darlun perffaith o'r hyn yr ystyriem ni fel 'deryn o ddyn'.

Nid oedd Jac lawn cymaint mewn cariad â gwaith fferm ag yr oedd ei frawd, ac nid oedd y brawd heb wybod hynny nac yn brin o wneud ambell gyfeiriad at y diffyg.

"Do's dim llawer o asgwrn cefen 'da Jac ni, a'r rheswm yw bod 'da fe asgwrn yn 'i gefen sy'n rhoi lot o drafferth iddo fe.'

A phan ymddangosodd y tractor cyntaf ar glos Llys Yr Hendre tua chanol y rhyfel, mynnodd Jac mai ef fyddai'r gyrrwr swyddogol. Gwnaeth yn fawr o'i gyfle i ddiogi a gweithio ar yr un pryd. Ni ddaeth i'w feddwl i gymaint â chynnig rhoi'r teclyn newydd i ofal Tomos, mwy nag y daeth i feddwl hwnnw ei hawlio iddo'i hun.

Digwyddodd y trefniant heb gwnsela dim, mor daclus ac mor naturiol ag y llithrwyd i'r trefniant cysgu a ddaeth i fod wedi marw'r hen bobol. Tra oeddent hwy byw, roedd eu meibion yn rhannu ystafell yng nghefn y tŷ. Ymhen blwyddyn wedi colli'r fam, gwaelodd yr hen ŵr eu tad a bu Jac yn rhannu gwely ag ef yn yr ystafell ffrynt ac yn ei wyliad trwy fisoedd ei gystudd olaf. Ac wedi i'r tad esgyn i'r ystafell sydd uwch ni welodd Jac yn dda ddychwelyd at ei frawd.

Ac ar ôl y tractor, fan. Jac a'i mynnodd gan ddadlau iddo hen flino ar ddirmyg y cymdogion pedair olwyn a fyddai'n hedeg heibio i'w geffyl a chart wrth gario'r lloi a'r moch a'r ŵyn i'r mart. Ond gwyddai Tomos o'r gore mai'r gwir reswm oedd fod y daith filltir a chwarter i'r Plow yn y pentre'n dechrau mynd yn ormod i goesau hynafol y brawd— a bod y daith yn ôl adref wedi hen fynd yn drech na nhw.

'Diawl bois, 'ma'r peth gore geso i eriôd. Ma'r cloddie'n cadw'r gole miwn bob tamed 'no fe, a'r cwbwl sda fi neud yw towlu'r rains ar gefen y fan a ma' hi'n gwbod 'i ffordd sha thre gystel ag unrhyw boni fuws 'da fi eriôd. Ody, folon marw.'

Ond arall oedd barn Tomos.

'Ma' fe'n mynd o'r tŷ whap 'da un ar ddeg y bore a wy' ddim yn 'i weld e nes bod hi 'mlan sha tri o'r gloch. A pan ddaw e i'r golwg ma' fe'n troi'r hen fan 'na ar y clos a'i thrwyn i wynebu'r iet yn barod idd'i baglu 'ddi 'to sha marce'r whech 'ma. A gweud y gwir 'thoch chi, mi fydda i 'di cysgu nosweth cyn daw e sha thre. A dyw e fawr gwell yn y bore. Mi fydda i 'di bwydo'r moch a'r ffowls a godro hanner y da cyn bod e'n gweld gole ddydd. A lwc taw yn y rŵm gefen ma' ngwely i weda i, oni bai am 'nny wy' ddim yn credu gysgen i un winc.'

Yr oedd mantais arall i'r ystafell gefen. Ni fyddai Tomos fyth yn trafferthu tynnu'r llenni, a'r wawr oedd ei gloc larwm. Bob bore wedi codi byddai'n oedi yn y ffenest i edmygu erwau llydan Llys Yr Hendre yn goleddfu'n esmwyth tua'r afon. A thu draw i'r afon gwelai'r pentref yn ymestyn yn araf ond yn sicr i gyfeiriad ffiniau'r fferm. Yno yr oedd tai lle bu tiroedd, a ffatri lle bu ffriddoedd. Eto, yr afon oedd ei gysur—hon i bob golwg oedd y ffin ddiadlam a gadwai'r bygythiad trefol draw o dir ei gartref.

Ond nid digon afon i gadw'r gelyn draw, a bu'n rhaid ildio i fwriad y Bwrdd Dur i godi gwaith tun ar dir Llys Yr Hendre. Gwelwyd erydr newydd ar y dolydd bras, hen erydr dieithr oedd yn torri at y shingri ac yn claddu'r gwanwyn yn y clai. A pho fwyaf y rhwygwyd daear Llys Yr Hendre, mwyaf yn y byd y rhwygodd calon Tomos.

O fore i fore, ac o gyfer i gyfer, mi fyddai'n gweld newid yr olygfa gyfarwydd a gawsai gynt o ffenest ei lofft gefen. Dechreuodd dorri ar ei hen arfer a chau'r llenni cyn noswylio. Nid y wawr oedd ei larwm bellach, ond rhu'r teirw dur yn codi pob pant ac yn darostwng pob bryn ar dir Llys Yr Hendre. I ble yr aeth Cae Dan Tŷ na fu ei well am geirch gaea drwy'r gymdogaeth i gyd? A ble mae'r berth coed cnau oedd rhyngddo a Chae'r Berllan? A lle'n gwmws mae cornel Cae Top, ei hen gwtsh caru 'slawer dydd? Mawredd, pe bydde fe ond wedi gwneud gwell tywydd ag Elin mi fydde fe wedi hen ymadael a setlo'n ddau i ffarmo Fron Haul. O leiaf mi oedd hynny'n ddewis.

Yfory ni fyddai dewis ond gadael. Daw dydd y bydd dur oer lle bu daear âr a mynd fydd raid. Gadawodd Jac ddiwrnod cyn bod rhaid. Cymerodd ei siâr yn llawen a mudo i'r býngalo bach i ddau yn y pentref. Efallai fod y ffaith nad oedd hwnnw ond rhyw ganllath o ddrws y Plow yn esbonio'r brys ac yn golygu y gallai bellach wadu'r fan. Oherwydd y noson cyn iddo fudo bu Jac yn dathlu fwy nag arfer.

Llwyddodd i gael y fan i'r clos. Fel arfer, byddai wal y beudy'n ganllaw iddo, ond diflannodd y beudy ers deuddydd, a'r stabal a'r cartws a'r sgubor i'w chanlyn. Yr unig beth oedd yn aros oedd yr hen sièd bren, hen gartre'r ieir, ac yng nghrombil honno y daeth i ben daith feddw olaf Jac i glos Llys Yr Hendre.

Fore trannoeth symudodd Tomos ddim o'i wely nes bod Jac wedi crynhoi 'i bethe a gadel am y býngalo. Y dydd canlynol oedd diwrnod dymchwel y tŷ a mi oedd Tomos wedi penderfynu aros hyd y diwedd. Roedd yna un noson eto ar ôl i'w threulio yn yr hen gartref a phenderfynodd Tomos ei fod am neud y mwyaf ohoni. Yr oedd yn ganol y bore arno'n codi i'r gegin i baratoi basned o shincin ac ychydig gaws i'w frecwast. Ni allod fentro dros y trothwy a threuliodd ei fore'n syllu'n hiraethus ar adfeilion y sièd a'r fan wedi ei chladdu ynddi. Ni allod lai na meddwl fod Jac ei frawd yn helpu'r Cwmni Dur a phrysuro gwaith y dymchwel.

Yr oedd yn amser cinio arno'n codi o'i gadair. Ond doedd ganddo mo'r stumog i feddwl am fwyd. Gwisgodd ei het odro a thanio'i bibell am ei fygyn cyntaf y bore hwnnw. Aeth allan drwy'r drws i'r cwrt bach o flaen y tŷ. Ar ben y wal mi oedd y briallu wedi agor fel erioed, ond eleni roedd y blodau bach melyn yn tagu o dan haenen o fanlwch llwyd a fel pe baen nhw'n ymbil ar Tomos am help i anadlu a byw. Tagodd yntau wrth eu gweld felly. Edrychodd i gyfeiriad yr ardd a gwelodd hi fel pe bai'n dyheu am y bâl i godi'r gwanwyn i'w hwyneb.

Yna edrychodd ar y fan unwaith eto ac, yn sydyn, fel dyn wedi cael ateb annisgwyl i ddryswch fu'n ei hir boeni, camodd yn bwrpasol ar draws y clos at y sièd ieir ac aeth ati fel lladd nadredd i dynnu'r gweddillion pren oddi ar y fan. Gweithiodd yn ddyfal fel petai rhyw druan wedi ei gladdu o dan y cwymp a'i fywyd yn dibynnu ar ei ymdrechion. Wedi cael y fan yn rhydd rhoddodd rhyw ddeg tro ar yr handlen fel y gwelodd Jac yn ei wneud ganwaith o'r blaen. Yr oedd y fan druan yn fyw drwy'r cwbl a Tomos wrth y llyw fel marchog yn myned i ryfel.

Wedi crafu sawl perth a thorri sawl tro, daeth y gyrrwr dibrofiad i stop yn erbyn wal y Plow.

Bu diwrnod yn y dafarn yn ormod i ddyn na threuliodd gymaint ag awr yno ar hyd ei oes faith. Yr oedd y fan yn dal i ddisgwyl amdano fel ceffyl ffyddlon yn aros ei feistr. Ond gan iddi edrych mor gartrefol wrth wal y Plow rhoes Tomos ei law yn dyner ar ei phen ôl i'w chanmol a'i gadael yno i bendroni'n freuddwydiol a chychwyn ar ei ddwygoes gan igam-ogamu o glawdd i glawdd fel tarw'n pisho.

Tra bu Tomos yn y Plow mi oedd y gweithwyr wedi dod â'u tarw dur i'r clos yn barod at waith y bore. Safai yno a'i drwyn i gyfeiriad y tŷ, a thaerodd Tomos ei fod yn gwenu'n sbeitlyd ac yn awchu am gael ei ollwng yn rhydd i wledda'n farus ar gerrig a morter tŷ annedd Llys Yr Hendre.

Wedi astudio'r anghenfil am rai eiliadau dringodd Tomos i eistedd ar ei gefn fel y gwelsai Jac yn dringo i'r tractor. Ymbalfalodd â rhyw fotymau ac allweddi a dychrynodd wrth glywed yr anghenfil yn rhuo. Tynnodd wrth ryw ddolenni yn y gobaith o'i dawelu a'i ddofi, ond llamodd y creadur i gyfeiriad y tŷ, a'r gyrrwr meddw'n halio wrth yr olwyn fel marchog yn tynnu ar drwyn ceffyl wedi tarfu. Yr oedd o fewn llathen i wal y cwrt bach a Tomos yn diawlio ac yn canmol bob yn ail wrth annog y creadur i'w llamu.

Ond mi oedd hwnnw ar lwybr tarw a chododd e ddim o'i ben fel pe nad oedd wal yn bod. Cododd Tomos ei ben mewn pryd i weld drws ei hen gartref yn rhuthro ato i'w groesawu. A chaeodd y nos amdano.

Fore trannoeth, pan ddaeth y gweithwyr dihidans i ddymchwel tŷ annedd Llys Yr Hendre, cawsant fod y gwaith eisoes wedi ei ddechrau. Treuliwyd oriau'n symud y wal dalcen ddrylliedig, garreg wrth garreg, gyda gofal manwl. Nes iddynt gyrraedd at gorff Tomos. Yr oedd yn gorwedd yno ar ei gefn, ei ddau lygad yn llydan agored, fel pe bai'n syllu ar yr enwau ar hen drawst mawr y gegin oedd yn pwyso ar ei frest ac yn ei wasgu'n dynn i bridd y llawr. Gerllaw iddo yr oedd y tarw dur, tân ei ffroenau wedi ei ddiffodd a'i gyrn wedi eu dryllio.

Mi oedd Jac wedi bachu ystafell wely iddo'i hunan ym mhen blaen y býngalo. Câi Tomos gysgu yn y cefn lle'r oedd yno ffenest yn wynebu'r man lle bu Llys Yr Hendre.

2   Cwpla a Starto

Dydd Gwener

Fe fu hon yn wythnos enbyd. Na, beth wy'n siarad? Sdim ishe bod yn barchus rhagor. Alla i weud beth uffarn wy'n ddewish. Ma' hi 'di bod yn wthnos ar y diawl. I feddwl 'mod i'n beder ar ddeg 'ddar dydd Llun. O'n i di meddwl fydden i 'di ca'l cwpla yn y twll lle 'ma wthnos dwetha. Ond na, ma'r cachgi bach 'ma, Roberts y sgwlyn, wedi mynnu bod dim hawl gadel ar genol wthnos a bod rhaid i fi i stico hi ma's sbod heddi. A wy ddim yn gwbod i beth. Ma' fe siwr o fod yn meddwl y gall e lwyddo i stwffo rhwbeth i 'mhen i. Ond os ffilws e neud 'nny miwn naw mlynedd wy ddim yn gweld beth all e neud miwn wthnos. A grindwch arno fe, ma' fe'n trio'i ore ed. Cydwybod walle, ishe neud lan am sgeulusdod y blynydde.

'You must learn this by heart before you leave this place of excellence.'

Excellence myn uffarn i!

Oh, to be in England now that April's there . . .

Pwy sy ishe mynd fan'ny? Cer yno dy hunan i'r diawl, tina ma' dy le di a dy siort. Achos wy'n mynd gyda Nhad i Bwll y Graig Ola peth cynta bore Llun. A paid bod yn hir yn canu'r gloch 'na, ma' hi'n gwarter i bedwar yn barod.

Pedwar o'r gloch, a fues i ddim mor falch i glywed cloch eriôd. Wedws y mwnci ddim cyment â so-long wrtho i, nid bod lot o ots 'da fi. Stopes i ddim nes bo fi yn siop Annie.

'Singl Woodbine plîs Annie.'

'Mrs Williams i ti.'

'Olreit 'te, singl Woodbine plîs Mrs Williams.'

'Cer, shapai, wy ddim yn gwerthu ffags i gryts ysgol.'

'Beth chi'n wilia? Wy 'di gadel. Wy'n beder ar ddeg 'ddar dechre'r wthnos.'

'Smo ti'n dishgwl felny i fi.'

'Gewch chi weld 'te. Wy'n ca'l start dydd Llun.'

'Pam se ti'n gweud 'nny te? 'Ma ti. A sdim ishe ti dalu, bach o lwc i ti gan bod ti'n starto.'

'Diolch Annie . . . Mrs Williams. Alla i ga'l bocs o fatshus ed? . . . Plîs?'

Ma's ar y pafin wy'n sbario un ffag i Tomi a ma' hwnnw'n ffilu dyall pam wy'n pallu dod tu ôl i sièd ffowls Annie i smoco.

'Cer di, wyt ti ddim yn beder ar ddeg am bythewnos arall.'

Ond wy'n tano lan fan hyn i'r byd ga'l y ngweld i.

A co fe'r byd yn dod hibo—Miss Jenkins Standard Ffôr ar 'i ffordd sha thre. Yffach, ma' 'da hon wyneb fel papur symans.

'A beth ti'n feddwl ti'n neud? Dod y sigarét 'na ma's ar unweth.'

'Pam ddylen i?'

'Achos bo fi'n gweud thot ti.'

'Pwy fusnes yw e i chi?'

'Bydd e'n fusnes i dy dad pan weda i tho fe.'

'Sdim ots da fi, gwedwch wrth dad-cu ed tra bo chi wrthi.'

All y dwpsen ddim neud 'nny achos ma dad-cu wedi marw. A fe chwythes i gwmwl o fwg idd'i gwyneb hi nes bod hi'n rhoi itha beswchad a martsio bant a'i phen lan fel gŵydd wedi gorffod rhoi miwn i gi defed. Buws rhaid i fi ddala'n anal am funed ac

aros nes bod hi ddigon pell cyn bo fi'n tagu ar yr
Woodbine. So dynion mawr yn bwldagu acha hanner
ffag.

Dydd Sadwrn

Diwrnod mawr arall. Mam yn goffod galw a galw yn
gwmws fel o'dd hi'n neud i ngha'l i fynd sha'r ysgol.
Ond fydd 'na ddim ysgol heddi, na whare er bod hi'n
ddydd Sadwrn. Busnes heddi, pyrnu dillad gwaith
erbyn dydd Llun. Wy 'di bod ar y siwrne 'ma o'r bla'n
gyda Mam, i'r Co-op yn y dre pan fydde ishe trwser
ysgol ne grys ffit i fynd sha'r cwrdd. Ond Nhad sy'n
dod 'da fi heddi—busnes i ddynion yw pyrnu dillad
gwaith. Sdim dishgwl i fenywod ddyall pethe felna.

Ma' dyn y Co-op yn ddigon o fenyw 'i hunan. Ma'
fe'n llio'i wefuse'n drachwantus yn gwmws fel y gath
fach sda ni adre pan fydda i'n arllws lla'th idd'i soser
hi, ac yn rhwbio'i ddwylo bach ffwslyd yn 'i gilydd
cyn estyn un ohonyn nhw i Nhad, a ma'r llaw golchi
llestri yn diflannu o'r golwg yn y llaw sy fel rhaw
nymbar nein.

'Bore da Mr Ifans. A beth allà i neud i chi?'

'Na, wy i'n olreit, 'i dro fe yw hi heddi.'

'Ah, wy'n gweld. Pilyn bach neis i'r crwt bach ife?'

Crwt bach myn yffarn i! Gawn ni weld ambythdu
'nny nawr.

'Ie, dillad gwaith, ma fe'n ca'l start dydd Llun.'

'Ody fe nawr! Wel da iawn. O'nd yw'r plant ma'n
tyfu o dan drwyn rhywun!'

Ond smo Nhad yn ateb. Yn llwyr 'i din y da'th e.
O'dd e ddim 'di breuddwydo y bydde crwt iddo fe'n
pyrnu dillad gwaith. Er, o'dd e 'di bwgwth neud 'nny
sawl tro.

'Os na stici di sha'r ysgol 'na, lamp a trwser

molscin fydd hi, 'na fi'n gweud thot ti.' O'dd e ddim 'di dyall taw dyna'n gwmws beth o'n i'n moyn. O'n i ddim ishe mynd bant o gartre i unrhyw goleg. Rhwbeth i grotesi fel Siân Nymbar Sefn o'dd hynny. Ishe bod yn ddyn o'n i, 'run peth â Nhad.

Ma'r dyn bach glân yn tynnu'r tâp sy rownd 'i wddwg a wy'n twmlo'n itha od wrth i'r bysedd main 'y nghoglish i ar dop y nghoese.

Wedi gwacáu sawl bocs a dringo ysgol i estyn pethe o'r silffodd ucha llwyddwyd i ga'l taclath o'dd yn ffito'n weddol esmwth.

'Dim iws iddo fe ga'l pethe rhy fach achos tyfu ma's o nhw naiff e.'

Ma'r crys gwlanen du yn crafu 'nghrôn i a ma' Nhad yn dangos shwt ma' clwmu llinyn drafers. Ma godre'r trwser molscin o dan y nhra'd i ond ma'r dyn yn gweud na fydd Mam ddim yn hir yn setlo hwnna a Nhad yn cytuno ac yn gweud bod Mam yn gliper 'da shishwrn, a ta beth o 'nny fe ddaw'r iorcs ag e lan fodfedd ne ddwy. Ma'r cap ar ochor y nghern i ar slant fel dyle fe fod ond ma'r dyn yn 'i gymhwyso fe. Dim ots, bydd e'n ôl yn 'i le bore Llun. Nhad sy'n talu.

'Shwt ma hi'n dishgwl am damed o lwc? Wy siwr o fod 'di hala digon.'

'O ie, wrth gwrs Mr Ifans. Ar unwaith Mr Ifans.'

A dyma'r dyn yn estyn mwffler coch a spotie gwyn a'i daclu fe am 'y ngwddwg i.

'Cofiwch, smo'r Co-op yn arfedd rhoi lwc, ond rhwbeth bach wrtho i. 'Na fe, 'na fe'n barod am waith shgwlwch.'

Wy'n edrych ar yn hunan. O'dd Mam o hyd yn cofio'r amser pan ces i 'nhrwco. Newid y baish am drowser a mynd i'r barbwr i dorri 'nghwrls bant. Mynd miwn yn fabi a dod ma's yn grwt. A 'ma fi

heddi, fe ddes i miwn fan hyn yn grwt a mynd ma's
yn ddyn. Hwrê! Bydd rhaid ca'l singl Woodbine arall
at heno. Tr'eni, ma' rhaid i fi drwco'n ôl 'to i'r dyn ga'l
paco'r dillad gwaith a wy'n mynd sha thre fel des i.

Dydd Sul
Bydd neb yn tŷ ni yn mynd i gwrdd y bore. Mam rhy
fishi yn neud y cino a Nhad yn riparo'r beic, tapo
sgitshe ac unrhyw beth arall sy rhaid neud i ga'l
pethe'n bycar erbyn bore trannoth. Heddi ma' 'da fe
dasg arall, sâmo'n sgitshe gwaith newydd i rhag
iddyn nhw ollwng dŵr. Ma' gwynt cas ar y sa'm
mochyn 'na a rhwng hwnna a'r trwser molscin fydda
i'n siwr o fod yn drewi fel ffwlbert bore fory. Ond ma'
Mam yn golchi'r trwser i ga'l gwared y gwynt a'i
neud e'n fwy ystwyth am 'y nghoese i.

Gan mod i'n ddyn o'n i di meddwl ca'l pido mynd
i'r Ysgol Sul. Ond o'dd dim dewish, a Mam yn
gweud nag o'n i ddim rhy fawr i ga'l cernod, colier
ne bido.

'Ag wyt ti'n dod i'r cwrdd nos ed, a gweud dy
adnod 'run peth â'r cryts erill.'

'O's rhaid i fi?'

'O's, smo ti 'di ca'l dy dderbyn 'to, a smo ti 'di
dechre ennill, a tra bo fi'n dy fwydo di ti'n neud yn
gwmws fel wy'n gweud.'

O'dd amser gweud adnod yn dod yn nes, a'r
cwiddyl yn codi i 'ngwyneb i. O'n i'n gweld dim byd
ond y silff llyfre emyne a'r twlle bach i ddala'r
cwpane cymun. O'dd rhywrai 'di bod yn crafu'u
henwe i'r pren a rhywun arall wedi bod yn neud gât
fel sgôr criced wrth gownto sawl gwaith o'dd rhyw
ddiacon yn ail-weud yr un adnod ar 'i weddi hir.

Pan ddath 'y nhro i fe gadwes yn llyged ar y sgôr a

12

mwmblan hen adnod. Fydd 'na stŵr am hyn ar ôl mynd sha thre, sbo.

Ma' Jones Gweinidog yn cwnnu lan ar ôl yr emyn. Ma' fe'n siwr o weud rhwbeth cyn codi'i destun. 'Na beth nath e dair wthnos yn ôl pan o'dd Siân nymbar sefn yn partoi i fynd bant i'r coleg. Nath e lot o ffys pyrtynny, dymuno'r gore iddi a'i chanmol am neud mor dda a gweud mor ffyddlon o'dd hi yn y capel a gyment fydde fe'n gweld 'i cholli ddi, a mlân a mlân fforna. Ond cwbwl nath e heno o'dd codi testun a dechre ar 'i daith hanner awr ddiflas. 'Smo ti'n gwbod bo fi'n dechre gwitho bore fory? Ma' bachan sy'n dechre dan ddiar siwr o fod yn haeddu cyment o sylw â chroten sy'n dechre yn coleg.' A pan ddechreuws e Jones ar 'i job yn Hermon fuws 'na ddigon o ffys. Lot o gwrdde a te parti a pawb yn stwffo gwellt idd'i din e.

Wedi mynd sha thre fe wedes i 'nny ed. Ond geso i glipsen 'da Mam am achwyn ar y gweinidog ac am weud hen adnod.

Dydd Llun

Dihuno o flan y cloc larwm a ca'l brecwast pump am y tro cynta erio'd cyn mynd ma's i moyn y beic gwaith. O'dd Nhad 'di ca'l gafel ar feic merch yn y sgrap i ddechre, ond fe wedes i nag o'n i ddim yn mynd i'r gwaith ar gefen beic merch. O'n i ddim ishe bod yn destun sbort y bore cynta. A fe geso i feic ar ôl dad-cu. O'dd e lot rhy fawr hyd yn o'd ar ôl dodi'r sêt lawr mor ishel ag ele hi. O'dd dim amdani ond rhoi ngho's dde o dan y bar i bedlo. O'n i'n falch i ddod at dyle i ga'l nido lawr a'i hwpo fe lan, ac yn fwy balch o ga'l gwired sha lawr, o'n i'n gallu ishte lan yn iawn wedyn a dodi 'nhrad ar y cyrn.

'Run peth â'r beic, o'dd y bocs bwyd a'r jac ddŵr yn bethe ar ôl dad-cu ed. O'dd Mam wedi torri toce bara menyn jam i fi a'u paco nhw miwn papur glân cyn 'u rhoi nhw'n deidi yn y bocs. Pan o'dd hi'n 'i gau fe dyma Nhad yn gweud wrtho i am ofalu cadw clawr ar y bocs lle bo'r llygod yn mynd at 'y mwyd i.

'Ie,' medde Mam, 'a cadw glawr ar hwn ed,' gan roi 'i llaw ar 'y ngwefuse i. 'Ma' rhai o'r hen adar 'na'n gweud pethe dwl wrth grwtyn sy'n dechre. Paid neud sylw a gofala na smo ti'n 'u hateb nhw'n ôl.'

Ma's yn y cefen wy'n gallu rhoi cic dda i wal yr ardd heb ga'l dolur i fla'n 'y nhrod. A ta beth o 'nny, ma' ishe tolc bach yn y tôcaps achos ma' nhw'n dishgwl yn rhy newydd.

Dyw hi ddim wedi gwawrio'n iawn, ond wrth i fi fynd hibo tŷ Mam-gu wy'n 'i gweld hi'n sefyll ar ben drws. Wy'n nido o gefen y beic a wy'n ca'l swllt twym o'i llaw hi a deigryn bach yr un mor dwym wrth iddi roi cusan ar 'y moch i. Falle bod y beic wedi neud iddi gofio am Dad-cu. Wy'n diolch am y swllt.

Wy'n ishte yn y sbêc yn aros i'r ffeiarman roi arwdd i'r injinîar. A ma' Mam yn itha reit, ma'r hen goliers ma'n gweud pethe dwl.

'Wedi ca'l job ife was? Glanhau ffenestri dan ddiar ife?'

Dim ond gwên.

'Na, whalu glo mân yn gnape ontefe. Jobyn gore'n y lle w.'

Ond wy'n cadw clawr ar y bocs achos wy'n gwbod taw drwso fydda i am y flwyddyn gynta a ma' 'da fi flynydde i fynd cyn dod i oedran siâr. Pan o'dd ceffyl yn dod â dram lawn o'r ffâs o'dd gofyn bo fi'n weddol sharp i ga'l y sprag i'r sbôcs er mwyn pwyllo

14

pethe a nido i agor y drws iddo fe a chau weddol glou ar 'i ôl e. O'n i 'di ca'l gwbod bod ambell i ddram yn sownd wrth shafft a dryll a'r ceffyl yn gallu shaffto a stopo os o'dd rhaid. Ond pan ddath y ddram gynta, 'yn lwc i o'dd ca'l ceffyl a tsaen wrth y cwplin, a fe ffiles i ga'l y sprag idd'i lle. O'dd y ddram yn ennill ar y ceffyl yn ffast ac yn clatsho yn erbyn 'i goese ôl e. A rhwng popeth fe ffiles i gyrradd y drws miwn pryd i agor a fe a'th y ceffyl a'r ddram yn bendramwnwgwl yn 'i erbyn e a'i whalu fe'n yfflon nes bod y drafft yn whythu'r bradish i bobman. A rhwng bod y coliers yn rhegi a'r ceffyl yn gŵrad a'r gaffer haliers yn mynd off 'i ben, fe geso i lond twll o ofon.

Amser bwyd o'r diwedd. Ranced o ddynion yn 'u cwrcwd a dim ond gwyn 'u llyged nhw yn y golwg. Yn gwmws fel ranced o wenolied ar weiren y teleffon yn paratoi i hedfan i haul Affrica. Ond sda rhain ddim gobeth gweld haul am wthnose, os na ddigwyddiff hi neud ambell brynhawn Sadwrn o haul gwan gaeaf.

Lawr â fi yn 'y nghwrcwd ar ben y rhes. Agor y bocs bwyd a cadw clawr ar 'y ngheg. Pawb arall yn siarad am bopeth yn byd, canmol campe Albert Jenkins a diawlo tricie Davies y manijer, achwyn ar yr halier 'i fod e'n hwyr â'r drams gwag, a trafod Ned Neli yn 'i gefen achos bod e 'di mynd ma's yn gynnar. Angladd medde fe. Angladd myn yffarn i! Fydde angladd gwybedyn yn ddigon o esgus i Ned. Well i fi bido gweud dim lle bo nhw'n ca'l esgus i ddanod y drws i fi. Ma' Dai Dybl Pywyr yn cymryd itha joch o'i jac ddŵr ac yn 'i droi fe rownd yn 'i geg a'i boeri fe ma's i ga'l gwared â'r lluwch. Well i fi neud 'run peth. Ma'r jam yn felys ond ma' mysedd i'n gadel olion du

15

ar y bara gwyn. Yng ngole'r lamp wy'n sylwi fod jam
Twm yr Halier yn gwidu trwy'r bara. Sdim tamed o
ryfedd achos ma' Jane 'i wraig yn fenyw deit a dim
ond crafad o fenyn sy ar 'i fara fe.

Ma' rhwbeth yn bwrw'r bocs bwyd o 'nwylo i a
ma' fe'n cwmpo'n ffradach. Wrth 'i godi fe wy'n gweld
bod y tocyn dwetha wedi mynd. Llygoden ffyrnig
drachwantus. Ma'r dynion erill yn wherthin a finne'n
hanner starfo. 'Na wers i ti gadw clawr ar dy focs.

Teirawr arall fel tridie a ma' hi'n amser rhoi'r tŵls
ar y bar. Sda fi ddim tŵls i ga'l—ddim 'to ta beth.
Ma'r dynion yn rhoi bar bach haearn trw'r twlle ma'
nhw wedi llosgi â phocer coch yng nghoese'r rhofie
a'r mandreli a'r bwyelli ac yn 'u cloi nhw. Bydd rhaid
i fois y tyrn prynhawn a nos ddefnyddio'u tŵls 'u
hunen.

'Nôl yn y sbêc ma'r ffeiarman yn rhoi wyth i'r
injinîar sy filltiroedd wrth yn penne ni yn rhywle, a
ma'r sbêc yn symud. Diolch am injinîar, ma' fe fel
rhyw dduw lan fanna ar y banc o'r golwg yn ateb
gweddi'r gloch.

Gole ddydd, gyment ag sy ar ôl o'no fe. Ma'r
coese'n gwynegu gormodd i bedlo ac erbyn i fi
gyrradd y pentre ma'r plant yn dod ma's o'r ysgol.
Dim ond deuddydd sy 'ddar o'n i'n un ohonyn nhw.
A co hi Miss Jinkins Standard Ffôr. Ond Alis Tŷ Top
yw hi nawr. Ma' hi'n dishgwl ar 'y ngwyneb i mor
ddued â chefen tân a'r dillad dyn ar gefen crwtyn a
ma' hi'n 'y ngweld i'n pwyso'n flinedig ar y meic fel
se hi'n gweud syrfo di reit. Ond wy'n troi 'nghap
'shag a nôl ac yn tano Woodbine lle gwelo hi.

Ma' Nhad wedi hen ddod sha thre o 'mlan i ac
wedi wmolch 'i bart ucha. Rhaid i fi strwpo'n glou a
neud 'run peth cyn iddo fe wmolch 'i bart isha a

wedyn bydda i'n camu i'r twba a sefyll yndo fe'n borcyn o flan Mam. Dyw hi ddim wedi 'ngweld i fel hyn ers cwpwl o flynydde a wy'n twmlo fel sen i'n ca'l 'y nhrwco unweth 'to. Bydda i'n falch pan gwpliff hi whare â'r sosban gawl sy ar y tân a mynd i sefyll tu ôl i olchi 'nghefen i.

Fues i ddim yn fachan cawl eriod, ond diawch ma' blas ar hwn a'r sêr ar 'i wyneb e'n 'y ngoleuo i lan. Ond wy'n cwmpo i gysgu cyn 'i gwpla fe a 'mhen ar y ford yn gwmws fel o'n i'n neud pan o'dd Miss Jones Inffants yn gweud 'heads on the desk' pan o'dd hi ishe llonydd i sgrifennu llythyr at 'i sboner acha prynhawn dydd Gwener.

Dydd Mawrth
Nhad wedi hen godi a Mam yn galw a galw 'run peth ag o'dd hi'n gorffod neud i ngha'l i i'r ysgol. Yffach, ma'r gwely ma'n ffein. Oh, to be in England myn diawl i!

3   Pwyse'r Pai

Fe fuws Morlais druan yn anlwcus yn 'i wraig. Honna o'dd y farn gyffretin ta beth. A sdim llawer o ryfedd achos o'dd 'da hi Hannah ddim llawer o glem acha catw tŷ. O'dd y lle fel tŷ Jeroboam os gwetson nhw, dim trefen o gwbwl, os na allech chi alw fe yn drefen y iâr ddu. Fydde gormodd o ofon ar Morlais ofyn iddi ble o'dd styden i goler e achos o'dd e'n gwpod bydde hynny'n hala Hannah i dwmbwrian pob cwbwrt a whilmentan o dan pob cater, yn gwmws ishta ci yn cwrso ar ôl 'i gwt. A falle taw yn nhwll gwddwg crys Morlais fydde'r styden yn diwedd. I ddangos nag o'dd y crys ddim wedi gweld dŵr a sepon 'ddar y tro dwetha gwishgws y pŵr dab e.

A ro'dd hi 'run mor ddidoreth pan ddele hi'n fater o drafod arian. Rhyw ddala llygoten a'i byta hi o'dd hi fforna 'ed. A Morlais druan o'dd yn gorffod dala'r llygoten trw'r cwbwl, yn slafo'i ened ma's ym mhwll y Gelli Fawr. Ond slafo ne' bido, alle fe ddim llanw dicon o lo i gatw Hannah, hyd yn o'd se fe'n lladd 'i hunan wrth drio. A fuws e'n acos i neud 'nny fwy nag unweth. O'dd e mor drachwantus nes bod llanw dram yn dod o fla'n catw lle saff. Lwcus bod 'da fe bartner weddol ofalus fel Llew Glo Parod ne' dyn a ŵyr beth fydde'i hanes e.

'Ma' ishe pâr o go'd bob llathed fan hyn,' mynte Llew, gan ddishgwl lan acha top o'dd yn symud.

'Paid wilia mor ddwl,' wete Morlais, 'ma'r lle'n ddicon saff w. Grinda, ma' fe fel crwstyn shgwl,' ac yn cnoco'r top â cho's 'i fandrel.

'Bachan, bachan, smo ti'n 'i glywed e'n rwmblan?'

'Cer odd'na di, setlo ma' fe 'na gyd.'

'Wel smo fe'n ca'l setlo arno i ta beth.' A mi fydde Llew yn mynd ati i fesur yn ofalus a naddu pâr o go'd a ffito'r coler a lago wrth 'i ben nes bod y lle mor saff â se fe'n gwitho yn y parlwr ffrynt.

A tra bydde Llew wrthi'n parchu'i iechyd mi fydde Morlais wrthi'n llanw dram ac yn bapwr o whŷs.

'Dere,' wete fe wrth Llew, 'sdim cinoce miwn gwaith marw.'

A do'dd Morlais ddim yn rhyw barticlar iawn beth o'dd e'n ddoti yn y ddram wastod. Dim ond 'i cha'l hi'n llawn a'i raso hi a'i shalco hi â'i rif 'i hunan, fe gele hi fynd lan i'r wyneb dan ganu a gobitho na fydde neb yn sylwi.

'Gan bwyll am bach w,' wete Llew, 'dyw hanner hwnna ddim tamed gwell na myc, achan. Ar ben gob ma' lle hwnna.'

A fe gas Morlais sawl stop lamp ar gownt y myc ac oni bai fod Llew yn cwnnu 'i lewysh e o fla'n y manijer mi fydde hi 'di bod yn stop trycs arno fe 'ed ers llawer dydd. Ond ddyscws e ddim o'i wers. Falle bod e'n rhy dwp. Achos po fwya o fyc o'dd e'n llanw, lleia yn y byd o lo o'dd ar ôl i bwyso. A weti 'nny o'dd e'n ffilu dyall pam o'dd y cwtyn mor ysgawn acha dydd Gwener pai. O'dd e'n ca'l 'i gropo'n dragwyddol. Ond o'dd hi Hannah'n dyall reit i wala. O'dd 'i phen hi 'di sgriwo'r ffordd iawn.

Ambell i ddydd Gwener mi fydde Morlais yn dod sha'r tŷ ac yn towlu'r cwtyn pai ar y ford a'i wyneb e'n dishgwl fel ci 'di twcid asgwrn.

'Beth yw shwt beth â hyn, gwed ti? Pai ti'n galw hwn? Man a man bo' fi acha pensiwn gwitw. Sdim cwiddyl arnot ti?'

19

'Alla i ddim help, hen wthïen fach lletwith sy 'co ontefe.'

'Gad dy esgus. Ma'r un wthïen 'da ti a sda Llew Glo Parod a ma' hwnnw'n dod â cetyn mwy na hyn sha thre, wy i'n gwpod cyment â 'nna.'

'Drams gwag yn slow'n dod miwn tweld, halier bach yn ddidoreth . . .'

'A paid taro bai ar yr halier. Wy'n gwpod yn net be sy'n bod. Ca'l dy gropo ti 'di neud ontefe. Dere, man a man i ti weud y gwir, ti 'di bod yn llanw baw ond wyt ti? Wel, dere mlân, wyt ti ne' bido?'

A mi fydde rhyw siarad felna'n dicwdd yn amal iawn acha dydd Gwener. A gweud y gwir, rhan amla dim ond acha dydd Gwener y bydde Hannah yn y tŷ i dderbyn 'i gŵr o'r gwaith. Rhan fynycha mi fydde hi ar gered yn rhwle pan fydde Morlais yn dod sha thre. Rhyw siopa funed ddwetha i whilo rhwpeth ar gownt cino a whilo clecs 'run pryd. Ond o'dd hi'n neud yn siwr bod hi 'na bob prynhawn dydd Gwener. Nace dim ond o achos y pai, ond dyna'r unig ddwarnod y bydde Morlais yn ca'l golchi'i gefen. O'dd hi Hannah 'di clywed nag o'dd e ddim yn beth da i golier olchi'i gefen bob dydd lle bod e'n mynd yn rhy feddal ac iddo fe ddala niwmonia. Ag o'dd hi'n itha reit, o'dd hynny'n dicwdd lan sha top y cwm. Ond nid rownd ffor' hyn. O'dd pob gwraig yn gofalu sgrwbo cefne'u gwŷr a phob colier yn mynd sha'r gwely a'i gefen e'n lân fel y pìn. Wfft shwd ddwli wete Hannah, bratath acha sepon. Ac erbyn diwedd yr wthnos mi fydde canfase'r gwely ishta cefen tân. Ag o nhw ddim llawer gwell yn mynd ma's ar y lein ddillad bore Llun. O'n nhw'n para'n ddicon dirân er bod Hannah 'di doti nhw trw'r twba golchi.

Rhwng popeth o'dd dim lot o ryfedd fod gita

Morlais shwt gyment o ddiléit gardno. O'dd e'n hala'i getyn yn yr ardd. Rhwbeth i ga'l mynd ma's o'r ffordd. A fel se 'nny ddim yn ddicon o'dd rhaid iddo fe ddoti gardd drws nesa 'ed. O'dd e wrth 'i fodd ca'l mynd drws nesa achos o'dd Magi Jones yn fenyw fach deidi. O'dd Magi wedi bod yn witw ers blynydde, ond o'dd hi ddim yn witw dlawd achos o'dd hi'n ennill cinog fach net fel yr unig witwith yn y lle. O'dd hi wastod yn lico gweud bod hi 'di dod â cannodd o blant i'r byd. A nace dim ond witwith, hi fydde'n troi cyrff hibo 'ed. Ag o'dd hi'n bleser gweld corff wedi i Magi fod i'r afel ag e. Dim ond y gore o'dd yn neud y tro. A felna o'dd hi 'da popeth, 'na beth o'dd Morlais yn lico ambythdu 'ddi. Pan fydde fe ma's yn yr ardd mi fydde hi'n dishgwl arno fe drw'r ffenest ac yn gweud wrth 'i hunan, Mawredd ma' ishe doti tamed o floneg ar y pŵr dab, ma' fe ishta sgadenin. A'r peth nesa mi fydde hi'n cnoco'r ffenest arno fe a'i alw fe i'r tŷ am ddishgled fach o de a pic ar y ma'n ffresh ne fynen berem, ac ambell waith basned o gawl tew ar y slei a hwnnw wedi'i neud ma's o bishin o gig eidon â gafel yndo fe, rwpeth bach i stico yn 'i ribs e os gwetws hi. Pethe na fydde Morlais byth yn 'u gwynto nhw yn 'i dŷ 'i hunan heb sôn am 'u rhoi nhw yn 'i fola. Ag o'dd Magi'n gwpod 'nny'n ddicon da—'na pam o'dd hi'n cymryd shwt dreni amdano fe. Sawl gwaith fe wetws hi wrth 'i hunan 'se hi'n ca'l gafel arno fe am wthnos fydde hi ddim yn hir yn doti owns ne ddwy o floneg arno fe. A cwiro'i drowsuse fe 'ed, yn lle bod patshis yn hongian yn rhydd yn gwmws fel se'r llycod 'di bod wrthyn nhw.

A fel digwyddws pethe fe ga's hi afel yndo fe heb iddi ddishgwl. Acha bore dydd Llun o'dd hi pan alws Morlais i weud bod Hannah wedi dala'r ffliw. Ag o'dd e'n hen bwl bach dicon cas achos fe fuws yn 'i gwely am wthnos gyfan. Nace bod 'nny wedi neud rhyw lot o wanieth i Morlais. O'dd e 'di hen arfedd cwnnu a neud 'i frecwast 'i hunan a wedi 'nuthur tyrn o waith cyn bydde Hannah 'di troi yn 'i gwely. A fe welws Magi'i chyfle. O'dd hi lan am bump bob bore a miwn drws nesa yn partoi brecwast da i Morlais ac yn llanw'i focs bwyd e a'i jac ddŵr e yn barod. A cyn mynd 'nôl sha'r tŷ mi fydde 'di cymoni rhyw damed bach ar y gecin a golchi'r llestri a'u catw nhw yn lle o'n nhw i fod. O'dd hi'n ôl weti 'nny cyn tri y prynhawn a phlated o gino i ddishgwl Morlais sha thre. Erbyn dydd Mercher o'dd tipyn gwell siâp ar Morlais ac ar y tŷ. A'r dydd Mercher hwnnw fe gerddws Magi miwn cyn bod Morlais 'di cwpla wmolch. O'dd e wrthi ar 'i drad yn y twba yn golchi 'i bart isha. Nace bod lot o ots 'da Magi, o'dd hi 'di gweld dicon o gyrff pyrcs, er walle taw nace cyrff byw o nhw i gyd 'ed. Ag o'dd dim gormodd o ots 'da Morlais whaith, ond catw 'i gefen ati 'nath e 'run peth.

'Sefwch, olcha i'ch cefen chi nawr shgwlwch.'

'Na, na sdim ishe chi drafferthu.'

'Wel allwch chi ddim 'nuthur 'ych hunan. Nace dyn rybar y'ch chi nace fe.'

'Na, na sdim ishe, dim ond dydd Mercher yw hi.'

'Am beth chi'n wilia, ddyn?'

'Fydda i'n iawn am gwpwl o ddwarnote 'to. Jobyn bach dydd Gwener yw hwnna 'da Hannah.'

Wetws Magi ddim gair o'i phen, ond fe gitshws yn y clwtyn a'r sepon a rhwto'i gefen e nes bo' fe'n woblin i gyd, 'i olchi fe bant â dŵr glân a'i sychu fe'n galed â llien cras nes bod 'i gro'n e ar dân.

O'dd hi'n ddydd Sul cyn i Hannah dwmlo'n

ddicon da i gwnnu, a pan dda'th hi lawr y stîre o'dd hi ddim yn napod y lle. O'dd popeth mor gymen. Rhy gymen o beth diawch. O'dd dim posib ffindo dim byd. Pwy fusnes o'dd 'da honna drws nesa ddod miwn ffor' hyn a'i hen gleme a throi'r lle 'ma'n shang-di-fang? Ma' dicon o waith 'da hi i droi'i chawl 'i hunan. A cyn pen awr o'dd y lle'n ôl yn gwmws fel o'dd e'r wthnos gynt a Hannah'n hapus yng nghenol yr annibendod.

Bore Llun fe a'th Morlais i'r gwaith 'run peth ag arfedd. Wel, ddim yn gwmws 'run peth achos o'dd 'i drowser e'n gyfan ac wthnos o fwyd Magi wedi rhoi tamed o fôn braich ecstra iddo fe. O'dd e'n twmlo bod mwy o waith nac arfedd yn 'i gro'n e'r bore hwnnw. A felna buws e trw'r wthnos a Llew yn ffilu dyall pam o'dd 'i bartner e'n mwmian canu wrth 'i waith. Ag o'dd e'n fwy gofalus ambythdu'r myc 'ed. Fuws dim rhaid 'i siarso fe i dowlu'r mochyndra i ben y gob ac o'dd pob dram yn llawn o ddim ond y glo glana a phob un wedi'i raso'n gymen a'i sialco'n ofalus. A chas e ddim stop lamp ddim un bore. Erbyn prynhawn dydd Gwener fe alle fe ddishgwl mlân at gwtyn pai itha swmpus i dowlu ar y ford i Hannah.

'Reit, dere,' mynte Llew, 'ma' hi'n amser rhoi'r tŵls ar y bar.'

'Beth yw dy wyllti di? Ma'r ddram 'ma ar 'i hanner 'da ni.'

'Dere, gad dy drachwant, gawn ni'i chwpla hi bore Llun. Wy i'n 'i shapo hi i ddala'r sbêc.'

'Wada di bant, ond wy'n mynd i gwpla hon ta fel bod hi. Ddwa i lan ar ben dram lawn, fydd neb ddim callach.'

'Rhyngto ti a dy gart, wy 'di ca'l dicon. A catw lycad ar y fflaten 'na, wy ddim yn lico'i golwg hi.'

'Paid ti becso, ddaw hi ddim lawr tra bo 'nghefen i
dani.'

A bant â Llew i ddala'r sbêc.

O'dd e ddim wedi mynd ucen llath pan glyws e
waedd o'r tu ôl 'ddo fe. Dim ond un waedd. A weti
'nny rhyw dawelwch îthus. Fe ritws e'n ôl gyment
alle fe. Cwbwl welws e yng ngole'i lamp o'dd y
fflaten 'di dod lawr a dim ond pâr o dra'd yn stico
ma's otani. Dyw e ddim yn gwpod hyd heddi o ble
ga's e'r nerth, ond fe ritws i moyn barwc a fe dda'th i
ben â baro'r fflaten a doti cnepyn cornel mawr iddi'i
dala hi lan ddicon i ga'l Morlais yn rhydd. Ond y
trwpwl o'dd bod e'n gorwedd ar 'i fola a'i wyneb e
wedi ca'l 'i wasgu miwn i'r glo mân. Fe lwyddws i
droi fe ar 'i gefen a galw arno fe a gofyn os o'dd e'n
olreit. Ond o'dd Morlais ddim yn aped er bod 'i lyced
e ar acor ac yn dishgwl ar Llew fel dyn 'di ca'l ofon.
Wedi 'ddo fe ddyall beth o'dd, fe rows Llew 'i fysedd
yn 'i ben e a dechre carthu'r glo mân o'i wddwg e a
trio'i ga'l e i hwthu'i drwyn i'r mwffler. Fe gofiws
beth o'dd e 'di ddysgu yn y class ambiwlans a fe
driws ddod â fe rownd trwy hwthu lawr 'i lwnc e.
Ond o'dd dim byd yn gwitho ac yn diwedd buws
rhaid 'ddo fe roi lan, a fe ishteddws wrth ochor corff
Morlais a'r dagre'n golchi'r lluwch ar 'i foche.

Fe alws Llew gita Magi a hi dda'th 'da fe i dorri'r
newydd ddrwg i Hannah. Lefws hi ddim, dim ond
ishte'n stŵn yn y gecin fach yn gwmws fel se hi 'i
hunan o dan y cwmp, a Magi'n riteg ac yn raso i
'nuthur dishgled o de iddi. Wetws hi ddim gair o'i
phen, dim ond stâran ar Llew a Magi fel se hi'n ffilu
dyall beth o'dd y ddou 'ma'n moyn yn 'i thŷ hi.

'Treni bod e 'di aros ar ôl,' mynte Llew, 'treni'r
diawch. O'dd dim tamed o ishe iddo fe. A ninne 'di

ca'l wthnos mor dda.' O'dd e'n 'nuthur 'i ore i drio gweud rhwpeth achos o'dd y tawelwch mor lletwith o'dd e bythdu â'i ladd e.

'Pryd daw e sha thre?' Dyna'r gire cynta wetws Hannah a fe ga's Llew shwd gyment o shoc o'dd e ddim yn gwpod beth i weud.

'Pryd?'

'Fyddan nhw ddim yn hir nawr.' Magi atepws. 'Af fi i bartoi'r parlwr.'

A tra o'dd Llew yn ishte 'da'r witw newydd fe a'th Magi ati i gliro'r annibendod yn y parlwr ffrynt a doti hen garthen ar y llawr yn lle bod Morlais yn gorwedd acha leino no'th. Fel o'dd hi'n cwpla fe glwys hi sŵn tra'd a llishe wrth y drws ffrynt a fe a'th i gau'r drws o'dd yn arwen i'r gecin cyn mynd i acor i'r pedwar colier o'dd yn dod â Morlais sha thre ar elor y gwaith.

'Gan bwyll nawr, trowch e ffor' hyn.'

'Damo, watshwch y papur wal 'na.'

''Na fe, lawr â'r pen 'co a triwch bido scrapin y drws.'

'Oty fe 'da ti?'

'Reit, lawr â fe gan bwyll.'

A wedi lot o droi'n ôl a mlân yn y pasej cul fe ddotwd Morlais i orwedd ar lawr y parlwr ffrynt.

Ar ôl i'r dynion fatel fe a'th Magi ma's i'r gecin.

''Na fe Hannah, ma' fe gartre nawr.'

'Wy'n moyn 'i weld e.' A fe gwnnws Hannah o'i chater a 'nelu am y pasej.

'Na, na ddim 'to, well i chi bido, ddim am funed.'

'Pam, be sy'n bod? O pidwch gweud. Gorff bach e siwr o fo'n yfflon, oty fe?'

'Na, na, wy di gweud 'thoch chi, moci 'nath y pŵr dab. Sdim marc arno fe.' A ro'dd Llew yn cretu falle bod hynny rwfaint bach o gysur iddi.

'Pam na wy ddim yn ca'l i weld e 'te?'

'Well i fi ddoti fe'n didi gynta. Gewch chi weld e weti 'nny ife?'

Fe fuws y perswâd tyner yn llaish Magi yn ddicon i fodloni Hannah a fe ollyngws 'i hunan 'nôl i'r gater fel cwted o lo. Llanwodd Magi badelled o ddŵr twym o'r tecil a cha'l gafel miwn twmpyn o sepon. Yn y parlwr fe dynnws hi pob pilyn o ddillad gwaith Morlais a golchi 'i gorff bach e'n ofalus fel se hi ofon neud lo's 'ddo fe. Yna fe drows hi fe ar 'i fola.

"Na ti Morlais bach, falle bod ti'n twmlo'n well ca'l troi bant wrtho i. Dere, ma' hi'n ddydd Gwener, dwarnod golchi cefen os ti'n cofio.'

Wedi'i ga'l e'n lân fe wishgws hi fe lan miwn drafers gwyn a fe ritws drws nesa i ercyd crys gwlanen o'dd hi 'di gatw ar ôl 'i gŵr. Erbyn iddi gwpla fe a'th i alw ar Hannah, a fe dda'th Llew â hi miwn i'r parlwr. Ac am y tro cynta fe ddechreuws hi lefen. Wedi i'r ddou arall fynd ma's a gatel iddi alaru wrth 'i hunan am funed, fe blycws Hannah dros gorff 'i gŵr. Fe estynnws 'i llaw i gyffwrdd â'i wyneb e, gan bwyll fach yn gwmws fel se ofon arni 'ddi. O'dd dim rhyfedd achos o'dd hi ddim 'di 'nuthur shwd beth ers blynydde. O'dd 'i gnawd e mor ddiarth, yn gwmws fel se fe ddim 'di perthyn iddi eriod, a fe dynnws 'i llaw 'nôl yn syten pan glyws hi ddrws y parlwr yn acor a Magi'n dod 'nôl.

'Dewch Hannah fach, naf fi ddishgled fach arall i chi a pic ar y ma'n. Dewch, ma' rhaid i chi fyta rhwpeth.'

Pan o'dd y ddwy ar 'u ffordd ma's o'r parlwr dyma hi'n troi at Magi yn syten reit.

'Gofioch chi olchi gefen e 'ed?'

'Wrth gwrs do fe. Pa'ch a gofyn shwd beth.'

26

"Na fe te, dicwdd cofio taw dydd Gwener yw hi 'netho i chweld.'

Y dydd Mercher wetyn fe a'th Morlais i'w fedd a'i gefen yn lân.

Dydd Gwener fe a'th Llew i'r offis i gwnnu pai 'i bartner a dod a'i roi fe ar y ford o fla'n Hannah. Fe ddishgwlws hi arno fe am sbel cyn 'i gwnnu fe. O'dd wir, o'dd y cwtyn yn twmlo getyn trwmach nag arfedd heddi.

4   Gwreiddyn Pob Drwg

Pwysodd Cefin yn ôl yn y gadair esmwyth, ei goesau ar led ac yn llond ei jeans, ei drainers blêr yn rhegi'r carped drud. Datododd ddau fotwm uchaf ei grys i ddangos carped y blew du oedd yn cyrraedd at linell lân y siafio islaw ei afal freuant. Crwydrodd ei lygaid o gylch yr ystafell heb sylwi ar ddim yn arbennig. Yr oedd yn difaru iddo ildio i ddod yn agos i'r fath le.

Lathen i'r chwith iddo eisteddai Michelle ar ymyl ei chadair galed gan droi a throi ei modrwy briodas oedd yn llac am ei bys. Yr oedd dau gudyn bach o wallt wedi colli eu ffordd ac yn disgyn yn ddiofal o boptu i'w hwyneb gofidus a'i dau lygad mawr yn erfyn wrth iddi eu hoelio nhw ar y wraig gyferbyn â hi.

Dyma wraig o fyd arall. Dim blewyn o'i le ar ei phen na'i gwisg. Ei llaw chwith o dan ei gên gydag un bys yn gorffwys ar ei boch, yn union fel pe bai'n gosod ei hunan o flaen camera. Sylwodd Michelle nad oedd hi'n gwisgo modrwy briodas.

Sylwodd Cefin ar hynny hefyd a meddwl beth ddiawl y mae menyw fel hon yn ei ddeall am briodas. Doedd hi erioed wedi newid cewyn, roedd hynny'n saff. A phe byddai rhaid mi fydde hi'n siŵr o fwldagu. Trueni y cythrel bod rhaid i rai fynd i'r tŷ bach o gwbwl. A beth yw'r cwestiyne dwl yma a rhyw eiriau mawr fel 'mynd at wreiddyn y drwg'?

Doedd dim angen dod i le fel hwn i gael gwybod hynny. Mi allai Cefin ateb hwnna mewn un gair. Arian. Neu ddiffyg arian, o leiaf. Dyna oedd y gwraidd os oedd hi am wybod. Ond doedd e ddim yn mynd i blygu i arllwys ei gwd wrth fenyw ddiarth. Doedd hynny'n ddim busnes iddi hi. Ac fe eisteddodd yn ystyfnig fud drwy'r cyfweliad.

O ran hynny, fe fu Cefin yn ddigon dywedwst ers misoedd lawer. Nid ei fod felly o ran natur. Roedd e'n ddigon uchel ei gloch fel arfer, yn enwedig wedi cael un neu ddau mwy nag a ddyle fe yn y clwb rygbi. Ond dros y misoedd aeth ei eiriau yn fwy prin ac yn fwy araf. Yr oedd fel cloc wyth niwrnod yn galw am gael codi ei bwysau. Nid hwn oedd y Cefin a briododd Michelle ddeng mlynedd yn ôl. Nid hon oedd ei Fichelle yntau chwaith.

Y ffatri foduron ddaeth â nhw at ei gilydd yn y lle cyntaf. Ef wedi dringo'n ffôrman a hithau'n clarco yn y swyddfa. Dau gyflog, dau o blant, mam-yng-nghyfraith oedd yn barod i warchod a morgais hawdd ei gyrraedd bob mis. Ond erbyn i'r trydydd un bach ddod i'r byd aeth y gwarchod yn ormod i'r fam-yng-nghyfraith a'r unig ddewis oedd i Michelle aros adref i fagu'r tri ar gyflog un. Cyflog y byddai Cefin yn ei daflu ar y bwrdd bob prynhawn Gwener a gadael i'w wraig ddarbodus drefnu cyllideb yr wythnos.

Ond rhyw brynhawn Gwener, flwyddyn neu well yn ôl, daeth Cefin drwy'r drws a'i ben yn isel. Dim gair wrth y plant. Yr oedd yr hynaf yn saith oed a'r ail yn bedair, a'r ddau'n methu deall pam nad oedd eu tad yn eu cofleidio ac yn eu taflu i fyny yn chwaraeus a'u dal cyn iddynt ddisgyn ar lawr y gegin. A Michelle hithau'n disgwyl defod y pecyn cyflog.

Aeth Cefin at y bwrdd heb yngan gair wrth neb a syllu ar ei swper gwaith fel pe bai gwenwyn ynddo.

'Sda ti ddim byd i weud 'te?' holodd Michelle wedi i'r tawelwch lletwith fynd yn ormod iddi.

'Beth?'

'Ma' hi'n ddydd Gwener on'd yw hi?'

'Wy'n gwbod 'nny.'

'Wel?'

''Ma ti.' A thynnodd Cefin y pecyn pai a'i daflu ati. 'Gwna fawr ohono fe. 'Na'r dwetha gei di.'

'Beth ti'n feddwl, y dwetha?'

'O'dd hwn yndo fe.'

Rhoddodd hithau y babi i lawr yn y crud a chymryd y papur o'i law. Nid edrychodd Cefin arni tra oedd hi'n darllen.

'Ond wy ddim yn dyall . . .'

'Ti'n gallu darllen on'd wyt ti?'

'Wrth gwrs 'nny . . .'

'A ti'n gwbod ystyr *redundant* gwela i. Gair neis am y sac, 'na gyd.'

Gollyngodd Michelle ei hunan i'r gadair agosaf. Ei thro hi oedd bod yn fud yn awr. Gwthiodd Cefin ei blât cinio'n ffyrnig ar draws y bwrdd nes bod y grefi'n tasgu dros y pecyn pai. Brawychwyd y pedair oed a chofleidiodd y seithmlwydd ef yn dadol. Sgrechiodd y baban yn y crud, ei wyneb piws wedi ei anffurffio mewn protest. Yr oedd llygaid Michelle yn llenwi.

'Beth yffarn! Er mwyn y nefoedd gwna rwbeth ambythdu'r blydi plant 'ma!'

Gwthiodd ei gadair nes iddi ddisgyn a dawnsio ar y llawr teils, crafangodd am ddyrnaid o arian gleision oedd wedi dianc o'r pecyn pai a dihangodd yntau drwy'r drws.

'Blydi menywod!'

O dipyn o beth datblygodd patrwm newydd ar yr

aelwyd. Bob bore byddai Michelle yn hebrwng yr hynaf i'r ysgol, llusgo'r ail i'r ysgol feithrin a gwthio'r pram â'i llaw rhydd. Ac erbyn iddi ddod adref yn ôl byddai Cefin wedi codi ac yn eistedd yno yn ei byjamas yn disgwyl ei frecwast.

Yn yr un modd tueddai'r sgwrsio i ddilyn patrwm—hynny yw, pan fyddai yna sgwrsio o gwbl. Michelle fyddai'n mentro cychwyn bob tro.

'Sgidie ysgol Tony'n gwiddyl 'u gweld nhw.'

'Wnân nhw'r tro am sbel 'to. 'Ni ddou fish ar ôl gyda talu am y tŷ 'ma fel ma' 'ddi.'

'So i'n golygu sgeuluso'r plant, tŷ ne' bido.'

'Tr'eni bod plant i ga'l ontefe.'

'O't ti'n 'u moyn nhw gyment â fi.'

'O'n, ond dou o'n ni 'di gytuno ontefe.'

'Alla i ddim help alla i. Ma' damweinie'n digwydd i'r gore.'

'Wedes i ddigon, ddylet ti 'di bod yn fwy gofalus, on'd dylet ti.'

'Pam ti'n gweud wrtho i? Dy fusnes di o'dd gofalu.'

'M' hi'n rhy hwyr i siarad nawr on'd yw hi? A peth arall, 'se dy fam yn folon carco allet ti fod 'di cadw dy job.'

'Ma' Mam yn fenyw dost, Cefin. Carco plant yn ormodd iddi.'

'Ddim rhy dost i fynd sha'r bingo.'

'Ddim tamed mwy nag yw e i ti fynd i hala'n harian ni sha'r clwb rygbi 'na.'

A mi fyddai'r ergyd yna'n saff o gau ceg Cefin a'i yrru i'w bŵd, fel ci wedi cael ei ddal yn lladd ieir. Yr oedd iddo yntau ei batrwm: tair noson o bob wythnos byddai'n cyfrannu'n helaeth o'r *giro* i farman y clwb rygbi. A byddai Michelle yn arswydo ei weld yn dod adref oddi yno. Dyna'r nosweithiau y byddai

Cefin yn mynnu ei ffordd yn y gwely. Dim cusan, dim cofleidio, dim tolach a dim sibrwd geiriau. Dyn segur yn chwilio ffordd i dreulio ei nerth sbâr. A gwraig â'r lludded yn ei hwyneb a'i chorff yn gorwedd yn llonydd ac ufudd, yn gweld y cysgodion yn chwarae ar nenfwd a phared, yn disgwyl ochenaid y bodlonrwydd a theimlo'r pwysau'n codi.

Ar noswaith felly yr aeth y pwysau'n ormod i'w oddef.

'Dere, beth ddiawl sy'n bod arnot ti?'

'Sda fi ddim help. Wy 'di blino.'

'Gad dy gelwydd. Ddim ishe fi wyt ti. 'Na beth yw e. Ca'l digon yn rhwle arall tu ôl i 'nghefen i sbo.'

Gwingodd Michelle fel cwningen mewn magl. Gwingodd nes dod yn rhydd a dianc yn ei dagrau i ddiogelwch ei gobennydd.

Fore trannoeth mae Tony'n ysgwyd ei dad.

'Amser ysgol, Dadi.'

'Ble ma' dy fam?'

'Mami ddim yn tŷ.'

'Wrth gwrs bod hi yn tŷ.'

'Na, Mami wedi mynd. Brawd bach fi wedi mynd 'fyd.'

Wedi wythnos o godi'n gynnar, brecwasta'r plant a'u gwisgo, eu llusgo i'r ysgol a dod adref i anhrefn, daeth Cefin i wybod beth oedd blinder. Blinodd ar gaethiwed y nosau hir, blinodd ar wacter oer ei wely. Addawodd Michelle adael ei mam a dod yn ôl adref. Ond ar un amod. Roedd angen help i achub ei phriodas.

Heddiw y mae Cefin anfoddog, ddywedwst yn lled-orwedd mewn cadair esmwyth, ei ddwylo diog ar draws ei fol cwrw. Michelle aflonydd yn troi a throi ei modrwy briodas sy bellach yn rhy fawr i'w bys.

'Ma' hyn yn beth cyffredin iawn,' meddai'r wraig berffaith oedd yn eu hwynebu. 'Tyndra am i chi ei chael hi'n anodd cael dau ben llinyn ynghyd. Dyna yw gwraidd eich problem, hyd y gwela i. Nawr 'te, y peth cynta sy rhaid neud yw cael gwared ar bob peth na sydd angen, y pethe sy'n ychwanegu at eich dyledion chi.'

A gyda hynny dyma'r fenyw oedd â'r atebion i gyd yn cymryd siswrn at eu cardiau banc ac yn eu torri'n ofalus yn chwarteri cymesur.

'Dyna ni wedi gwared ag un o achosion y broblem. Allwch chi feddwl am rwbeth arall allech wneud hebddo fe?'

Rhoddodd Michelle ei llaw i gyffwrdd â'i bol a theimlodd chwydd y bywyd bach newydd o'i mewn.

5 Solidarność

Am saith o'r gloch ar fore o Dachwedd roedd Eifion
Williams yn gwisgo amdano yng nghegin gefn y tŷ
teras. Gwasgodd i mewn i grys rygbi a'i edmygu ei
hunan yn y drych siafo bach wrth weld y llinellau
melyn a du yn tynnu ar draws ei frest lydan.
Gwisgodd ei sane gwaith gwlân a'u tynnu at ei
bengliniau, ynghyd â phâr o jeans oedd wedi gweld
eu dyddiau gorau. Taflodd ei drainers i gornel y
gegin ac estyn am ei sgidie hoelion mawr. Clymodd y
careiau'n ofalus a stablad ar y llawr cerrig i deimlo'r
sgidie'n gyfforddus a diogel am ei draed. Doedd hi
dim yn ddiwrnod sgidie meddal. Y dydd o'r blaen
gwelodd un o'i gyd-streicwyr mewn pâr o sgidie dal
adar a phlisman corfful mewn sgidie mawr yn
damsang ar ei droed ac ar yr un pryd yn edrych i fyw
ei lygaid wrth ei herio i ymateb â dwrn yn ei wyneb.
Ond bu'n ddigon call i ymatal ac yn ddigon ystyfnig i
beidio â gweiddi ei boen.

Wedi gwisgo ei got donci a rhoi cap gwlân cynnes
am ei ben a'i glustiau, yr oedd Eifion yn ddyn oedd
wedi ei arfogi ar gyfer diwrnod hir ac oer. Daeth
drwodd i'r gegin fyw lle roedd ei fam wrthi'n torri
ychydig o frechdanau ham—roedd y cig a'r bara a'r
menyn yn rhan o gynnwys y parsel bwyd a gododd
Eifion o neuadd y pentref y diwrnod cynt. Sylwodd
fel roedd ei fam yn gafael yng nghornel tafell denau o
ham rhwng ei bys a'i bawd ac yn tynnu wyneb yn
union fel pe bai'n gafael mewn llygoden farw.
Ddwedodd hi ddim un gair, ond gwyddai Eifion fod

y cardod hwn yn boen i un oedd wedi arfer â threfnu bwydydd maethlon i'w theulu a thalu lawr amdano.

Eisteddai'r tad wrth ei frecwast a'i drwyn ym mhapur ddoe.

'Ti'n benderfynol o fynd wy'n gweld,' mynte hwnnw wrth droi tudalen yn ddidaro.

'Wrth gwrs 'nny.'

'Ta faint callach fyddi di.'

'Sdim byd heb drio nago's e.'

'Sda chi ddim gobeth caneri i ga'l. Ma' 'na mor saff â bod bara yn y dorth 'na.'

'Chi 'di newid 'ych cân, ond y'ch chi?'

'O'dd pethe'n wahanol pryd 'nny ond o'n nhw.'

'Geso chi wared ar Ted Heath ta beth.'

'Do, a dishgwl beth sda ni nawr. Menyw myn yffach i!'

'Fiddwn ni hon 'ed gewch chi weld.'

'Hy! Paid ti bod rhy siwr.'

'Yffach ma' rhaid i ni ne' fydd 'na ddim pwll ar ôl da ni.'

'Ma' arno i ofon 'i bod hi wedi wech arnoch chi bois bach.'

'Wel smo chi'n neud lot i helpu odych chi, yn ishte fanna ar 'ych tin. 'Se pawb 'run peth â chi fydde man a man i ni gwnnu rails nawr.'

'Hei, 'na ddigon! Cadw di dy dafod i oeri dy gawl 'y 'machan i. Nawr cer os o's rhaid i ti.' A braidd na thaflodd ei fam y pecyn brechdane ato. 'A gofala bido neud dim byd twp. Wy ddim ishe i ddynion weud fod mab i fi 'di ca'l 'i rideg miwn.'

'Ie, ac os wyt ti'n dod sha thre tria ddod yn un pishin ta beth 'nei di,' ychwanegodd ei dad yn watwarus.

Ond dŵr ar gefn hwyaden oedd y rhybuddion i Eifion wrth iddo dynnu'r drws o'i ôl a brysio i dywyllwch y ffordd.

* * *

Yn un o dai'r heddlu yn y dref, rhyw gwta bum milltir o Frynafon, roedd Aled, brawd Eifion, yn paratoi ar gyfer ei dyrn yntau. Yr oedd yn ddeg ar hugain oed, dair blynedd yn hŷn na'i frawd, a chanddo wraig a dau o blant a swydd ddiogel. Uchelgais fawr Aled erioed fu osgoi dilyn ei dad i'r pwll a gweithiodd yn ddyfal yn yr ysgol i grafu'r cymwysterau fyddai'n ei alluogi i gynnig ymuno â'r heddlu. Fe allasai Eifion fod wedi osgoi'r pwll yn haws o lawer pe byddai wedi rhoi ei feddwl ar waith, ond yr oedd yn rhy brysur yn mwynhau ei hun yn chwarae pob math o gêmau. A phan nad oedd yn eu chwarae mi fyddai'n darllen amdanynt mewn cymaint fyth o gylchgronau ag y gallai roi ei ddwylo arnynt. Unrhyw beth heblaw llyfr ysgol.

Yn ei siwmper las a 'POLICE' ar ei brest, eisteddodd Aled i frecwast llawn wrth ddisgwyl y fen i alw amdano.

Sylwodd ei wraig ei fod e'n fwy distaw nag arfer.

'Ti ddim yn nerfus wyt ti?'

'Pwy? Fi? Pam ddylen i fod?'

'Fydd Eifion siwr o fod 'na.'

'Rhyngto fe a'i gart am 'nny.'

'Falle na weli di ddim o fe.'

'Falle 'nny.'

'Ond beth os . . ?'

'Beth os beth?'

'Ti'n gwbod, beth 'se 'na drwbwl?'

'Shgwl, ma' 'da fe 'i waith i neud a ma' 'da finne 'ngwaith. Ma' fe mor syml â 'nna. Iawn?'

Brathodd ei wraig ei gwefus wrth glywed corn fen yr heddlu'n canu yn y stryd a brysiodd Aled yn ufudd am y drws. Stopiodd yn sydyn cyn agor a throi i roi cusan braidd-gyffwrdd ar foch ei briod a heb air pellach aeth allan a thynnu'r drws o'i ôl.

Camodd i'r fen i sŵn lleisiau plismyn hwyliog. Neb yn cwyno am gael eu galw ar ddyletswydd ar eu diwrnod rhydd. Rhai'n falch o gael yr oriau ychwanegol i helpu i dalu morgais, eraill yn gweld gobaith am wylie tramor gwell na'r arfer pan ddôi'r streic i ben ac yn gobeithio ar yr un pryd na fydde hynny ddim yn digwydd am rai wythnosau. Rhaid galw yng ngorsaf yr heddlu i godi'r offer terfysg. Y tu ôl i'w darian a ffenest fach blastig ei helmet teimlai Aled yn fwy hyderus. Nid oedd bellach ond un plisman ymhlith plismyn, pob un mor unffurf ac mor dynn yn ei gilydd â milwyr tegan. Byddai'n gamp i'w fam ei hun, hyd yn oed, ei adnabod ynghanol y rhengoedd hyn.

* * *

Y tu allan i gatiau'r pwerdy trydan yr oedd yna dwr o ddynion yn ymestyn eu dwylo uwchben tân o goed oedd yn llosgi'n ffyrnig mewn hen gasgen ddur. Wrth ddynesu tuag atynt, clywodd Eifion eu lleisiau isel yn murmur wrth ei gilydd a gwelodd adlewyrchiad y fflamau'n dieithrio eu hwynebau. Yr oeddynt fel rhyw lwyth cyntefig yn ymbil am un o wyrthiau'r duw tân.

'Popeth yn dawel ody fe?'

'Ody mor belled.'

'Bois y nos 'di mynd i gyd?'

'Odyn. Dwy lorri 'di mynd trwyddo peth dwetha nithwr.'

'Damo!' ac yna, 'Shw'mai?' wrth bedwar o swyddogion yr heddlu oedd yn sefyll gerllaw. Edrychent fel dawnswyr sadisdig wrth iddynt gicio eu sodlau segur i gyfeiliant tymp y menig lledr yn taro yn ei gilydd yn awyr fain y bore. Y tu ôl iddynt yr oedd cryn hanner cant o blismyn yn loetran ar y codiad tir. Nodiodd un o'r swyddogion yn ddigon anfoddog fel petai cydnabod y cyfarchiad yn fygythiad i'w bwysigrwydd.

Daeth sŵn rhuo lorri drom o'r pellter. Peidiodd dawns y plismyn a gadawodd y streicwyr y ffwrnais gan redeg i'r ffordd. Cododd Eifion ei law fel plisman a daeth y gyrrwr a'i lorri i stop. Ar ddrws y cerbyd yr oedd enw cwmni cariwrs o un o drefi'r canolbarth.

'Ti'n bell o gartre on'd wyt ti?'

'Contract ontefe.'

'Shgwl, wy ddim ishe cwmpo ma's â ti, ond sen i'n dy le di fydden i'n troi'n ôl.'

'O dewch 'mlân bois, wy ond yn trio ennill tamed o fara menyn.'

'A twgid 'yn bara menyn ni 'run pryd.'

'Sa i ishe neud 'nny odw i. Ond neud 'yn job odw i.'

'So ti 'di meddwl am 'yn jobs ni sbo. Ma' pob cnapyn o lo sy'n mynd trw'r gatie 'na'n golygu taw ni fydd ma's o waith. Fydd dy lorri 'da ti ar ôl heddi on'd bydd hi.'

'Beth ti'n dishgwl i fi neud ambythdu 'nna?'

'Troi'n ôl. 'Na gyd ni'n ofyn. Jest troi'n ôl yn dawel a chei di ddim trwbwl.'

Edrychodd y gyrrwr yn hir ar Eifion. Yna ar y

cwmni oedd wedi ymgasglu o'i gylch. Taflodd ei olygon at y plismyn oedd yn sefyll ar y codiad tir, yn gwylio'r cyfan ond heb symud cam.

Yna, heb air pellach, bagiodd ei lorri i fyny'r ffordd a mynd â'i lwyth yn ôl i ba le bynnag y cafodd ef yn y lle cynta', a'r cwmni bach o streicwyr yn llawenhau yn eu buddugoliaeth ac yn cymeradwyo'n egnïol wrth wylio'r lorri a'i llwyth o lo'n diflannu i'r pellter.

Yr oedd yn ganol y bore pan gafwyd y cyffro nesaf. Daeth car ar ras o rywle a llithro i stop ar borfa ymyl y ffordd. Synnodd Eifion wrth weld chwech o goliers Pwll y Waun yn arllwys allan o gerbyd mor fach, a rhedeg tuag ato fel dynion gwyllt.

'Clou! Dewch! Confoi!'

A dyna arwydd i'r plismyn ruthro i ymyl y ffordd a breichio ei gilydd yn un llinell amddiffynnol.

Gyda hynny daeth car arall, ac un arall, a chyn bo hir roedd tri llond bws wedi ymddangos ac ugeiniau o streicwyr yn pwyso ac yn gwthio ar y llinell plismyn a honno'n ysgwyd fel wal fregus o flaen gwynt cryf. Plannodd y plismyn eu sodlau yn ddyfnach i'r ddaear. Ond yn ofer. Ildiodd y llinell rywle tua'i chanol fel argae'n torri; llifodd y dynion i lenwi'r ffordd a chwmanu fel casgliad o frogáid rhy ddwl i synhwyro bygythiad y saith lorri lwythog oedd yn rhuo tuag atynt drwyn yn din.

Arafodd y gyntaf a dod i stop o fewn modfeddi i gefn ystyfnig Eifion. Rhoes y gyrrwr ei droed ar y sbardun a chwythodd yr injan ei bygythion. Yna gwasgodd ei gerbyd ymlaen gan bwyll bach fel bod yr olwyn fawr yn plygu'r protestiwr nes bod ei ben rhwng ei goesau. Dal ei dir a wnaeth Eifion i herio'r gyrrwr. Yn yr eiliadau hynny llanwyd ei ben â phob math o feddyliau, y cyfan yn rhedeg ar draws ei

39

gilydd. Cyn i'r naill ddarlun gael cyfle i ymffurfio roedd un arall yn ei wthio naill du i fynnu ei le yn oriel y pen. 'Beth ddiawl—pam na symudiff y bachan 'ma tu fla'n i fi—yffach ma' seis yn y whîl 'ma licen i ddim pyrnu teiars i hwn—symud wy'n dynn yn dy din di tr'eni na fyddet ti'n fenyw—ma' brechdane Mam yn 'y mhoced i a ma'r blydi ham 'ma'n ddigon tene fel ma' 'ddi—bydd Nhad yn uffernol o grac—syrfo di reit ma' hyn yn wa'th na bod miwn gwthïen fach—beth yffarn wy'n neud fan hyn—ma'r plisman 'ma'n dra'd i gyd ond ma' rhaid 'i stico hi—caiff neb weud bo' fi'n gachwr—a ma' dy hen dro'd ti ar 'yn llaw i—beth yffach o'dd y sŵn 'na? Beth yw hwn—gwa'd!'

Rhoddodd Eifion ei law ar ei foch i sychu rhyw wlybaniaeth cynnes ac wrth ei thynnu oddi yno gwelodd ôl y gwaed. Carreg oedd wedi chwalu gwydr y lorri, a hwnnw wedi disgyn yn gawod o gyllyll am ei ben gan agor cwt fel bola mochyn o dan ei glust dde.

Dwy law yn ei lusgo i'w draed wrth goler ei grys rygbi a chnoc-cnoc yr helmet galed yn ei daro yn ei wyneb wrth iddo ymdrechu i wrthsefyll y plisman.

'Eifion!'

Adnabu'r llais cyn i Aled godi ffenest ei helmet ac edrych i fyw ei lygaid.

'Gad fi fod! Minda dy fusnes! Shapa'i!'

'Ma' fe *yn* fusnes i fi.'

'Mochyn!'

Tagodd Eifion ar y gair wrth deimlo'r esgid fawr yn plannu yn ei stumog a thagwyd ei ochenaid gan droed arall yn ei asennau.

Estynnodd Aled fraich gref i atal ymosodiad y plisman diarth.

'Gad hi!'

'Wy'n nabod yr yffarn 'ma.'

'Odw, finne 'ed.'

'Blydi ringleader.'

Gwnaeth Eifion ymdrech i godi ond rhoes Aled ei droed yn ei frest a sefyll uwch ei ben fel ymladdwr Rhufeinig gafodd y gorau ar ei wrthwynebydd.

'Gad ti hwn i fod i fi!'

'Ody fe 'da ti?'

'Dim byd sy'n saffach.'

'OK. Gwna siwr o'r diawl!' A baglodd y plisman diarth drwy'r cyrff i bastynnu un o'r streicwyr oedd yn ceisio agor drws y lorri i gael mynd at y gyrrwr.

Cydiodd Aled yng ngholer ei frawd a'i lusgo fel daeargi yn tynnu cwningen o dwll. Gorfododd ef i sefyll cyn rhoi tro yn ei fraich a'i chodi at bont ei ysgwydd yna'i fartsio heibio i ddrws agored y Black Maria, i fyny'r codiad tir a'i ollwng i ddisgyn ar y borfa fel sachaid o lo.

Plygodd Aled a dal dwrn rhybuddiol yn wyneb ei frawd.

'Nawr bagla hi sha thre mor glou ag y galli di. Ti 'nghlywed i? Shapa'i glou!'

Cododd Eifion ei fraich i'w amddiffyn ei hun rhag yr ergyd. Ond agorodd Aled ei ddwrn gan bwyll ac estyn hances wen lân o boced trowsus ei iwnifform a'i thaflu at ei frawd fel cybydd yn taflu ceiniog i gardotyn.

'A cer i weld doctor ambythdu'r glust 'na cyn i Mam dy weld ti.'

Cododd Eifion i bwyso ar un benelin wrth i'w frawd droi ei gefn arno i frysio'n ôl at ei waith.

* * *

Y noson honno, wedi tynnu ei lifrai, aeth Aled yn ei ddillad ei hun i holi hynt ei frawd.

'Yn ei wely,' atebodd y fam a'r gyllell yn ei llaw yn llifio'r dorth yn fygythiol.

Chododd y tad mo'i ben o'r papur.

Wedi ychydig funudau o sgwrs ddigon lletchwith gwnaeth Aled esgus fod rhaid iddo fynd adref i helpu rhoi'r plant yn y gwely. Ar ei ffordd allan sylwodd ar y crys rygbi melyn a du yn wlych mewn padell ar lawr y gegin fach a theimlodd rhyw flas drwg yn ei geg wrth weld y wawr binc yn y dŵr.

6   Cawlach

Mae offer y Graig Ola'n yfflon ac wyneb y gwaith yn dristach nag erioed. Y mae olwyn y weindar yn llonydd ers misoedd a heddiw mae dynion rhyfygus wrthi'n ddiofal ddatgymalu ei ysgerbwd haearn, follten wrth follten, fel fwlturiaid gwancus yn pigo dros esgyrn eu prae. Mae'r dramiau ar y banc yn llonydd a gwag, olion y sialc yn diflannu a'r cledrau'n cochi.

O foelni'r llechwedd uwchlaw'r gwaith mae Edwin wynepdrist yn gwylio'r olygfa ac yn cofio fel y byddai'r plant yn treulio dyddiau'n rhoi meccano'r Nadolig at ei gilydd, gymal wrth gymal cymhleth, cyn ei chwalu a'i ailgodi ar ei newydd wedd. Ond wêl y tegan hwn ddim Nadolig arall.

Aeth misoedd heibio ers pan roddodd Edwin y twˆls ar y bar am y tro olaf.

"Na ni bois, ma' hi 'di dod yn Gilboa ar y lle bach 'ma wy'n ofni.'

'Beth ti'n achwyn? Digon o waith i chi'r mecanics am fishodd yn carco'r pwmpe.'

'Mor belled ag wy i'n y cwestiwn ga'n nhw garco 'u hunen.'

'A gadel y lle i foddi?'

'Bodded i'r diawl!'

'Sôn bod y Japs yn agor ffatri delefishons ar bwys 'Bertŵe.'

'Fydde well 'da fi starfo myn yffarn i. A fyddet tithe'n gweud 'run peth 'set ti 'di gweld beth weles i 'da'r diawled bach.'

Aeth ugain mlynedd heibio oddi ar rhyddhau'r

carcharor rhyfel a dod adref yn ddim llawer mwy na chroen ac esgyrn. Mis neu ddau i fagu bloneg cyn ailafael yn ei waith mecanic yn y Graig Ola. Yr oedd y rhyfel wedi ei ennill ac yntau'n dychwelyd i fyd oedd well i fyw. Ac erbyn heddiw mae'r freuddwyd honno'n yfflon fel y weindar, y gobeithion mor wag â'r dramiau. Pe cawsai ddoe'n ôl fydde fe ddim wedi gwirfoddoli i ymuno â'r fyddin yn y lle cyntaf. Wedi'r cwbwl, doedd dim rhaid iddo, ond gan bod pawb yn dweud y bydde'r rhyfel drosodd cyn pen chwech wythnos, man a man mynd a chael gweld ychydig o'r byd a gwneud ei ran dros ei wlad ar yr un pryd. Wfft shwd wlad! Roedd popeth mor ole yn '45. Y Bwrdd Glo'n meddiannu'r gwithe yn enw'r glowyr. Ni sy piau'r gwaith nawr a gwynt teg ar ôl y Brodyr Cory ac Evans Bevan a'r criw trachwantus i gyd. Ac i beth? Dyma fe, Edwin Williams, yn tynnu at ei hanner cant ac wedi rhoi'r sac iddo fe'i hunan. Taflu ei hunan ar y domen. Ond dyna fe, mae diwedd rhyfel yn wahanol i ddiwedd gwaith. Dyw tamed o hen breifat a cholier segur ddim wedi rhoi'r un gwasanaeth i wlad a chymuned fel y gwnaeth swyddogion y fyddin sy'n cael segura ar eu pensiynau hael.

Dyna'r meddyliau fyddai'n dod i Edwin wrth gyrcydu yn y rhedyn uwchlaw'r gwaith. Ac ar ddydd Gwener, diwrnod pai, mi fyddai'r chwerwder yn ei fwyta'n fyw, fel cynrhon yn ei stumog. Ond diwrnod pego yw'r dydd Gwener hwn fel pob dydd Gwener arall ers tro byd. Wedi codi cardod y punnoedd prin o swyddfa'r dôl nid oes gwaith i sodlau segur ond mynd am dro i'r llechweddau. All dyn ddim peintio'r tŷ o hyd ac o hyd a does dim all e 'i wneud yn yr ardd a hithau'n ddechrau gaeaf. Wedi codi'r dôl byddai Edwin yn mynd drwy'r ddefod wythnosol o redeg ei lygaid dros fwrdd yr hysbysebion. Ond yr un fyddai'r stori, dim byd i ddyn ar drothwy'r hanner cant. Falle bod yna rywbeth yn mynd yn ffatri Japan, ond fydde fe ddim yn plygu i ddarllen hwnnw.

Wedi'r pendroni uwch tristwch y gwaith, mynd adre i ginio trist y cawl cig gwedder wedi ei wisgo ag ychydig lysiau'r ardd. Ac erbyn dydd Gwener fyddai yna 'run llygad i edrych arno o wyneb y cawl—Sara wedi ychwanegu cwpaned bach o ddŵr bob dydd i wneud iddo bara'r wythnos. A'r siarad mor ddiflas â'r cinio.

'Cawl yn ddall heddi 'to.'

'Beth ti'n ddishgwl acha arian dôl?'

'Wy'n flin, ti'n neud gwyrthie whare teg i ti.'

'Lwcus nago's pum mil 'da fi i fwydo ontefe.'

'Ddaw rhywbeth gei di weld.'

'Bydd rhaid i ti newid dy ffordd gynta a pido bod mor benstiff.'

'Smo ti'n dishgwl i fi witho i siort rheina wyt ti? 'Nath y diawled bach ddim byd ond 'yn starfo i am dair blynedd os ti'n cofio.'

'A beth yw'r gwanieth rhwng starfo yn Japan a starfo yng Nghymru gwed ti?'

Mi fyddai'r ergyd yna yn taro yn nhalcen Edwin bob cynnig a'i unig ateb oedd plygu'n dawel uwchben ei fasin cawl. Ac o wythnos i wythnos yr oedd dadleuon Sara yn mynd yn gryfach a'r cawl yn mynd yn wannach. Hyd oni ddaeth y dydd Gwener hwnnw pan blygodd Edwin i ddarllen hysbyseb y ffatri deledu.

Ar hyd misoedd ei segurdod ni allai Edwin dorri ar yr arfer o ddeffro'n gynnar a brecwasta am hanner awr wedi pump y bore cyn cychwyn ar gefen ei feic am bwll y Graig Ola. A dyna a wnaeth ar ei fore cyntaf yn y ffatri, ddwyawr gyfan cyn amser dal y bws. Yr oedd Sara wedi bod wrthi'n tolio mwy nag arfer er mwyn paratoi brecwast colier, cig mochyn ac wy a bara sa'm. Yr hen drefn, ar wahân i'r dillad glân. Y trowsus gole a'r crys glas, ei ddau bilin pnawn Sadwrn. Oni bai am y mwffler coch a'r sgidie hoelion mawr mi fydde Edwin wedi teimlo'n llawer mwy anghysurus yn cychwyn diwrnod gwaith mewn taclath fel hyn.

Galwad i'r swyddfa cyn dechrau. Y sgidie hoelion yn taro'n lletwith ar y llawr patrymog gloyw ac Edwin yn ceisio troedio'n ysgafnach fel pe bai'n cerdded ar wely o wyau. Cymhwysodd y mwffler i wynebu'r dyn bach coler a thei. Gwyrodd hwnnw ei ben i gyfarch y gweithiwr newydd. Ond safodd yntau'n syth fel soldiwr gan syllu i'r pellter rhag dal golygon y llygaid slent. Ac unwaith eto roedd Edwin yn un o'r carcharorion rhyfel yn sefyll yn y rhengoedd stond i'w cyfrif cyn cael eu martsio ar stumog wag i slafdod diwrnod hirfaith arall. Edrychodd tua'r drws fel pe bai'n chwilio am le i ddianc. Ond roedd y drws eisoes yn agored a'r dyn bach melyn yn ei ddillad gwyn yn martsio i gyfeiriad llawr y ffatri ac Edwin yn llusgo o'i ôl. Llithrai'r confeiyr yn ddistaw fel neidr mewn glaswellt a dynion â'u proceri soldro a'u morthwylion bach ysgafn yn ei hebrwng ymlaen heb godi rheg na bloedd na sgwrs. Dim sŵn, dim ond grwndi cysglyd peiriannau'n gyfeiliant i beirianwaith llaw a braich. Yr oedd rhywbeth anghysurus tost yn nisgleirdeb y gole trydan, rhyw arswyd yn y tawelwch. Nid dyma gynefin dyn oedd wedi arfer clustfeinio am y glo yn sibrwd o'r talcen, gwrando am rybuddion y ddaear uwchben fel gwynt yn corddi mewn perfedd a chlywed griddfan y pyst naw yn achwyn o dan y pwysau.

Anesmwythodd Edwin a theimlo fel petai cyrn ar ei ben wrth iddo sylwi ar y dirmyg mud yn y parau llygaid oedd yn taflu edrychiad slei i gyfeiriad ei fwffler coch a'i sgidie hoelion mawr.

Bore o brentisiaeth â'r procer trydan i ddangos yn lle yn union i roi tri smotyn o soldrin ynghanol y perfedd moch o wifrau. A gwneud hynny'n sydyn cyn i'r gymysgfa nesaf hawlio yr un driniaeth. Ond mor anhydrin yw'r teclyn bach ysgafn yn y llaw oedd wedi arfer â thrin offer trwm y pwll. Llithrodd y procer o'i afael i ganol y perfedd a thagu anghenfil y confeiyr. Ac am y tro cyntaf y bore hwnnw clywodd Edwin regi a gweiddi Saesneg rhyw sbrigyn o gaffer haliers.

Yn ôl yn y swyddfa y mae Edwin unwaith eto yn sefyll fel soldiwr o flaen y dyn bach melyn a'i lygaid slent a'i got wen sy'n pregethu am effeithiolrwydd a chynnyrch a chostau esgeulusdod a phris munudau coll. Ond mae'r ystafell yn niwlog a thrwy'r niwl y mae'r got wen yn iwnifform, y sgidie bach sgleiniog wedi codi at bengliniau'r dyn, ei wên yn grechwen ddanheddog a'i bregeth yn gyfarthiad bygythiol. Y troseddwr o brocer soldro yn ei law yn fidog fain. Y mae barrau heyrn ar ffenest y swyddfa a'r drws dan gloeon.

A'r chwys yn torri ar ei dalcen rhuthrodd Edwin am y gelyn a'i daro i'r llawr, y naill law yn gwasgu'r gwynt ohono a'r llall yn ymbalfalu am fidog y procer. A rhegfeydd milwr o Gymro yn llanw'r cwt draw yn y Dwyrain pell-yn-ôl.

Yn ddi-waith ac yn ddigyflog ni allai Edwin feddwl am wynebu Sara. Cychwynnodd am y llechwedd ac yno eisteddodd gan wylio'r dynion oedd yn dal wrthi'n dadfeilio'r Graig Ola. Estynnodd i'w boced am ei becyn bwyd. Yr oedd Sara wedi paratoi danteithion gwell nag arfer, rhywbeth bach arbennig ar gyfer ei ddiwrnod cyntaf yn y ffatri. Ond doedd brechdan cyw iâr hyd yn oed ddim at ei ddant heddiw. Taflodd ei docyn i wylan drachwantus a'i gwylio'n hedeg draw yn rhydd ymhell uwchlaw y pwll. Gwelodd y dadfeilwyr yn disgyn o ben yr hanner weindar a theimlodd y barrug yn ei esgyrn. Llusgodd ei draed tua thre.

Mewn ffydd wrth edrych ymlaen at ddydd Gwener pai mi oedd Sara wedi berwi sgileted o gawl cig oen.

"Ma ti, 'ma ti gawl ffresh. Tamed o frest cig ô'n. Ma' fe'n ddrutach wy'n gwbod ond sdim o hen flas y gwlân arno fe 'run peth â'r hen gig gwedder 'na.'

Aeth Edwin at y sgilet a chodi'r clawr i flasu llwyed fwrdd ohono.

'Rhy dew o lawer 'da ti. Alla i ddim yfed e felna. Well i ti ddodi cwpaned bach o ddŵr am 'i ben e, ife?'

A dyna un ffordd o ddechre torri'r newydd gan bwyll.

7   Cymdogion

Y mae hi'n saith o'r gloch ar fore Sul. Yn rhif pedwar ar ddeg Collier's Row, Cwmfelin, y mae John Elias Thomas yn codi ei goesau dros erchwyn y gwely ac yn rhoi ei beswchad gyntaf wrth deimlo'r leino'n oer o dan ei draed. Pob diwrnod arall mi fyddai'n gweld gole ddydd yn nes at bump y bore yn ôl hen arfer ei ddyddiau gweithio pan ganai'r hwter. Yn y dyddiau hynny byddai Jane yn ei adael i orwedd tan wyth ar y Suliau, hen ddigon o amser iddo ddod yn barod at y cwrdd bore. Ac erbyn iddo fe ddod i'r lan mi fydde'r tatws a'r llysiau wedi eu glanhau a'r cig yn barod i'r ffwrn a phan ddôi adref o'r cwrdd mi glywai wynt y cinio'n dod i'w gwrdd ar ale'r ardd. Er iddo golli Jane gymaint â thair blynedd yn ôl ni thorrodd ar ei arfer o gysgu tan wyth ar fore Sul. Ni fu'n rhaid iddo frysio y boreau hynny am fod Mrs Jenkins drws nesa wedi gofalu'n ffyddlon am ei ginio Sabothol ar hyd ei flynyddoedd gweddw.

'A pidwch chi â mynd i dynnu'r lle 'ma am 'ych pen, fydd 'na gino i chi fan hyn. A wy'n 'i feddwl e.'

'Na, na whare teg, wy ddim ishe neud trafferth . . .'

'Pwy drafferth chi'n wilia ambythdu? Wy'n neud cino i fi'n hunan, dim ond pilo taten ne ddwy ecstra, 'na gyd. A ma' dicon o le 'co fel chi'n gwpod.'

'Na, wir nawr, wy ddim ishe dechre mynd ar draws tai.'

''Na chi te, pleswch 'ych hunan; os na ddewch chi at y cino bydd rhaid i'r cino ddod atoch chi 'na gyd ambythdu fe.

A bob dydd Sul am hanner awr wedi deuddeg fel y

cloc mi fydde Mrs Jenkins yn dod trwy ddrws y cefn a phlatied o ginio a phwdin reis a sêr menyn ar ei wyneb, y cwbwl o dan un o'i llieiniau gwyn gore.

"Na fe, bytwch lond 'ych bola a mi ddwa i i ercyd y llestri nes 'mlan.'

Gymaint oedd John Elias yn gweld colli Mrs Jenkins. Yn enwedig ar ddydd Sul. Ei merch wedi mynnu iddi symud ati i Gaerdydd a'r tŷ drws nesa'n wag ers tri mis neu ragor. A rhwng bod y ganolfan yngháu ar y Sul doedd dim amdani ond codi awr ynghynt i baratoi tamed o ginio a gwneud ei hun yn barod erbyn amser cwrdd. Doedd e ddim yn mynd i golli ei ginio ta fel bod hi. Roedd hi'n ddigon drwg o fod wedi colli cwmni. Doedd fawr ddim o hwnnw ar ôl bellach yn Collier's Row.

Wedi glanhau cwpwl o dato a chabatshen o'r ardd i fynd gyda'r ddwy dsiopen gig oen, fe aeth John Elias ati i siafo. Mawredd, roedd y lle'n dawel! Tŷ drws nesa lawr yn wag a rhyw bâr ifanc yn y tŷ drws nesa lan. Ond man a man bod hwnnw'n wag hefyd o ran faint welai ohonyn nhw. Yn enwedig ar fore Sul— doedd dim cyffrad i'w glywed oddi yno tan o leia amser cinio.

Wedi gorffen ei dasgau a gwisgo'i ddillad parch, estynnodd John Elias am ei ymbarél o'r gornel yn y pasej a chofio cloi'r drws yn ofalus cyn camu i'r ffordd. Yr oedd yn ŵr taliedd o gorff ac ar waethaf ei oed ni chollodd gymaint â blewyn o'i wallt oedd yn urddasol wyn o dant ei het galed. Ei wyneb mor welw ag wyneb pregethwr, ac oni bai am y graith fach las uwchben ei lygad dde byddai'n anodd i neb ddychmygu i ddyn mor stansh erioed drafod mandrel na phlygu mewn gwthïen fach. Yr oedd y gwynt i'w wyneb y bore hwnnw, hen wynt aros-adre, a hewl gul

Collier's Row yn ei hogi fel cyllell. Cododd goler ei
got fawr ddu a phlygu ei ben i wynebu'r frwydr.
Doedd dim ened byw i weld yn unman, heblaw am
gi newynog oedd wedi codi o flaen ei feistr ac yn
glynu fel gele wrth ei sodle sgleiniog. Ond wedi rhyw
ddecllath penderfynodd hwnnw nad oedd dilyn y
dieithryn hwn yn mynd i roi un owns o gig ar ei
esgyrn. Yr oedd y stryd mor aethus o wag â Nant
Gwrtheyrn y tro olaf y gwelodd y lle, yn ôl yn y
pumdegau. Ond o leiaf ni fyddai awelon y Nant yn
codi sbwriel drewllyd nos Sadwrn i'w ffroenau. Nid
oedd yno ond ambell belen o hen lwynyn crin ar
flaen y gwynt ac yn rowlio fel draenogod yn llwch y
ffordd.

Yr oedd union drigain mlynedd oddi ar cau
chwarel y Nant a John yn llanc un ar bymtheg oed yn
ei chychwyn hi am y Sowth a'r pyllau glo. Gyda'r
blynyddoedd diffoddodd yr hiraeth am Fro'r Eifl ac
ni wnaeth yr un ymweliad hwnnw ddim oll i'w
ailgynnau. Ni allai droi'r cloc yn ei ôl, ac ni fynnai
wneud hynny chwaith. Cwmfelin oedd ei gartref.
Yma yr enillodd ei fara, yma y cyfarfu â Jane a'i
phriodi. Yma yn Collier's Row y maged ei ddau
fachgen.

Ond a oedd yn perthyn i le fel Cwmfelin? Nid
oedd yn sicr erbyn hyn. Daethai rhieni Jane i'r gwithe
o ogledd Penfro a llithrodd ei 'wês wês' hithau'n
naturiol i eirfa John ar adegau. Bu'n cydweithio â
Chardis a gwŷr Sir Gâr a hen frodorion Morgannwg
oedd â'r Wenhwyseg yn fyw ar eu tafodau. Heb sôn
am y Gwyddelod a gwŷr Gwlad yr Haf ddaeth i
chwilio am heulwen bywoliaeth yn y tyllau duon
hyn. Yr oedd y gymysgfa fawr wedi gadael ei marc ar
acenion Eifionydd ac ni wyddai John mwyach i bwy

nac i ble yr oedd yn perthyn mewn gwirionedd. Yr unig beth oedd yn aros i fradychu ei dras oedd ambell i 'rŵan' a'i isymwybod yn ei gadw rhag drysu rhwng yr 'i' a'r 'u'.

Cyrhaeddodd John Elias at ddrws y capel mewn da bryd i'w agor i'r dyrnaid oedrannus fyddai'n dod ynghyd. Cymerodd ei le yng nghornel y sedd fawr heb neb yn gwmni iddo yn y gornel arall. Cadwodd ei got uchaf amdano rhag y drafftiau o ffenestri crynedig yr oriel fawr wag. Northman oedd y pregethwr gwadd, gweinidog oedrannus a dreuliodd ei ddyddiau ym mhen ucha'r Cwm o'r diwrnod y daeth o'r coleg, ond ei acenion a'i eirfa fel un na roddodd erioed un cam dros ffiniau gwlad Llŷn. Cyn i'r bregeth ddechrau yr oedd John wedi cynhesu ddigon i ddiosg ei got.

'Ga i'ch gwahodd chi ffrindia i ddod am dro hyd lanna Môr Galilea. Ddowch chi hefo mi? Ia 'neno'r Tad, dowch, gadwch ni fynd yng nghwmni'r hen sgotwrs 'ma yn bwrw'u rhwydi i'r dwfn. Golygfa ddigon cyffredin wchi. 'Mond 'run fath â sgotwrs welish inna ym Mhen Llŷn erstalwm yn hwylio i fachu mecryll ym mae Trefor ac yn 'morol am benwaig Nefyn. Ia, hen hogia fath â chi a fi oedd y disgyblion 'ma. A rhag i ni ddigalonni toedd yna ond dwsin ohonyn nhwtha hefyd, fath â ninna. Bobol annwl, mi fydda Mam yn rhoi hynny bach o wya o dan iâr gori stalwm, hynny 'dy os na fasa hi 'di gwerthu nhw am ryw ddima yr un yntê . . .'

Yr oedd yr awel o du'r pregethwr, os gwetson nhw. Ond nid i fôr Galilea y chwythodd hi John Elias y bore hwnnw. Wrth i'r pregethwr gynhesu a'r awel godi mi oedd yn ôl yn chwarel y Nant ac unwaith eto'n llanc pymtheg oed yn dysgu hollti'r ithfaen yn setts bach taclus ac yn edrych allan dros fae Ceredigion am y llong i ddod i'w cludo i balmantu strydoedd mewn gwledydd pellach na Phalesteina'r pregethwr.

Gyda'r Amen daeth John yn ôl i Gwmfelin a gafaelodd yn dynn yn llaw'r pregethwr am amser hir.

'Diolch yn fawr. Diolch yn fawr iawn.'

'Rhaid i chi ddim, Tad.'

'Na wir nawr, chi 'di cwnnu nghalon i bore 'ma.'

'Gafoch chi fendith felly Mr Thomas.'

'Do wir, pŵer o fendith . . . Beth wy'n feddwl yw . . . wel do mi ges i oedfa i'w chofio wchi. Do Tad. A da chi, brysiwch yma eto, 'gethwrs fath â chitha'n ofnatsan o brin dyddia yma. Fel ma' gwitha'r modd ontefe.'

Ac wedi ffarwelio â'r pregethwr a'r pererinion prin a throi'r allwedd fawr yng nghlo drws y capel, cychwynnodd John ar ei daith unig i'w gartref oer.

Yr oedd y gwynt o'i ôl wrth iddo bwlffacan ei ffordd i fyny Collier's Row a oedd erbyn hyn yn dechrau dangos arwyddion bywyd. Tu allan i nymbar ffôr roedd pâr o draed rhyw fecanic cartref yn y golwg o dan ei gar hynafol. Cyfarchodd John y traed yn fonheddig.

'Somebody busy I see.'

'Aye mun.'

Ac yn ei flaen. Doedd neb yn ei gwrcwd ar garreg ei ddrws. Neb yn blino digon i gyrcydu. Llanc tua'r deunaw oed yn pwyso'n ddioglyd ddiamcan wrth ddrws nymbar sics, sigarét yn sownd yn ei wefus fel petai'n ormod o ymdrech iddo ei thanio.

'Good Morning.'

'Cheers mate.'

Cilagorwyd drws nymbar twelf ac ymddangosodd

braich noeth i estyn y botel laeth a'r papur Sul yn sownd rhyngddi a wal y tŷ. Cyfarch y fraich eto.

'Cold this morning.'

'Yeah, 'tis.'

A diflannodd y fraich a'r botel a'r papur i ddieithrwch aelwyd lle cynt y cawsai John ddrws agored nos a dydd.

'Ma' hi 'di mynd yn y lle 'ma. Oes 'na neb all weud "ie" ambell waith?'

Er ei fod yn hen gyfarwydd â'r atebion Saesneg unsillafog hyn, ni pheidient â'i ddigalonni ac er bod y gwynt o'i du cerddodd ymlaen yn wargrwm fel un yn brwydro yn erbyn storm oedd i'w wyneb. Yr oedd fen wen wedi sefyll y tu allan i dŷ Mrs Jenkins ond yr oedd llygaid John mor brysur yn myfyrio ar y pafin fel na sylwodd arni nes dod yn agos at daro yn ei herbyn. Yr oedd bachgen a merch ifanc, yn eu hugeiniau fel y tybiodd, yn gafael un ymhob pen i ffrâm gwely wrth ei gario o'r fen. Arhosodd John yn syfrdan, eto'n fonheddig ddigon, i adael iddynt gael croesi'r pafin.

'Good morning.'

'Haia.'

A diflannodd y pâr a'u gwely trwy ddrws ffrynt Mrs Jenkins.

Aeth John i'w dŷ a rhoi'r ddwy dsiopen yn y ffwrn a'r sgileti i ferwi ar y stôf cyn mynd i'r llofft i newid ei ddillad parch ac i feddwl am ei gymdogion newydd. Hoffodd e ddim o'r olwg ar y pâr o gwbwl. Roedd hi wedi ei gwisgo mewn rhyw sgert werdd hyd y llawr a honno'n rwmple i gyd fel petai'r cŵn wedi gorwedd arni, ei gwallt at hanner ei chefn ac heb weled ôl y grib ers dyddiau. A doedd y crwt fawr gwell gyda'i farf yn tyfu'n wyllt a'i draed heb sane ar fore mor rhynllyd. Siaradodd John yn uchel â'i lun yn nrych y wardrob.

"Ma hi, rhagor o'r hen bethe digartre 'ma. Hippis ne' beth bynnag ma' nhw'n 'u galw nhw. Llawn cystel 'da fi fod tŷ drws nesa'n wag na chael siort rhain.'

Chafodd John fawr o flas ar ei ginio, gan ryw brodio'r tatws a chig yn fyfyriol â'i fforc. Gwthiodd ei blât hanner gwag i ben draw'r bwrdd ac ymollyngodd i'r gadair esmwyth wrth y tân. Deffrowyd ef gan gnocio taer ar y drws ffrynt ac wedi ymbalfalu'n hanner effro drwy'r hanner gwyll agorodd i weld y ferch drws nesa'n sefyll yno ar yr hiniog. Roedd hi'n edrych yn fwy anniben na phan y gwelsai hi gyntaf.

'Yes?'

'Excuse me, I'm Jane your new neighbour.'

'Oh yes.'

'Please, don't think me rude, but I wondered please could you give me a hand.'

'Hand?'

'Just to move the sofa. Won't take a minute.'

'Yes . . . yes . . . certainly.'

A dilynodd y John anfoddog hi i dŷ Mrs Jenkins.

'Husband not here then?'

'Pardon?'

'Your husband. Saw him with you this morning.'

'Good gracious me no, he's not my husband,' atebodd dan chwerthin.

'Hy! byw tali sbo,' meddai John o dan ei wynt.

'Sorry, I thought . . .'

'That was only the van driver, silly.'

'Sorry.'

'By the way, what was it you just said?'

'Sorry. I was mistaken.'

'No before that. Didn't you say something in Welsh?'
'Did I?'
'Ydych chi yn siarad Cymraeg?'
Syllodd John arni yn gegrwth am eiliad.
'Pam 'te, odych chi'n wilia Cwmrag?'
'Yr ydwyf yn dysgu.'
'Weli myn coblyn i!'
'Pardwn?'
'Ar ddencos i! Cymraes?'
'Sort of. Nid wyf yn medru yn dda iawn.'
'Twt lol, chi'n gneud yn champion. Deudwch i mi,
ody chi 'di bod wrthi'n hir? Yn dysgu wy'n feddwl.'
'Ie.'
'Ydw. Ydw chi fod i ddweud.'
'Rwy'n flin. Rwy'n dweud "ie" o hyd.'
'Dim rhaid i chi ymddiheuro am hynna. Dda gen i
glywed rhywun yn dweud "ie" hyd y fan 'ma.'
'Dyna fe, bydd rhaid i chi siarad â fi yn Cymraeg
trwy'r amser.'
'Rhaid i chi ddim poeni'ch pen am hynny. Chlywch
chi ddim byd arall 'da fi 'merch i. Nawr 'te, ody'r sofa
'ma yn y lle ma' hi fod?'
'Ie.'
'Ie?'
'Sorry, ydyw. A diolch ichi yn fawr am fy helpu.'
'Hynny bach yn ddim byd siwr iawn. Nawr 'te,
gwell i mi fynd i weld beth sy 'na i de a pharatoi i
hwylio am yr oedfa.'
'Sorry?'
'Capal chwech, 'lwch.'
'O, church chi'n feddwl?'
'Nage, capal 'y mach i.'
'Cymraeg yw?'
'Wrth gwrs taw e. Beth arall?'

'Ydych chi'n mynd yno lot o weithia?'

'Debyg iawn. Bob Sul ers trigain—chwe deg—o flynyddo'dd. Hynny sy 'di nghadw i'n gall yn y lle 'ma. 'Blaw fod e 'di cadw fy iaith i yn y fargen. O ran hynny mi wnâi les i chithe hefyd dwi'n coelio.'

'O dydw i ddim yn gwybod am hynny.'

'Chlywch chi ddim gwell Cymraeg yn unlle nag yn fanno, credwch chi fi. A gweud y gwir dyna tua'r unig le y clywch chi unrhyw fath o Gymraeg hyd y lle 'ma'r dyddie hyn.'

'Ydyw mor ddrwg â hynny?'

'Ydy, gwitha'r modd. Ond 'na fe, beth all dyn neud yntê? Synnu ydw i bo' chi 'di ca'l cystel gafel arni.'

'O, dosbarth yn y nos yn Caerdydd. Ac o'dd e'n hwyl, *specially* cael mynd i fyny i'r Nant.'

'Lle?'

'Nid ydych chwi yn gwybod efallai. Lle bach yn gogledd Cymru. Tlws iawn, a pawb yn siarad Cymraeg â fi.'

Llanwodd llygaid John Elias ac ni allodd yngan gair o ateb.

'Ydych chi'n olreit?'

'Ie . . . ydw. Ydw 'nen Tad.'

'Gwell i fi gneud tipyn bach o te i chwi.'

'Na, na, dydw i ddim yn un i fynd ar draws tai wchi. Diolch yn fawr i chi 'run fath.'

'Y mae rhaid i chi. Dewch, ac y mae gennyf gacen hefyd.'

''Dwn i ddim . . .'

'Dewch, byddaf fi ddim dau funud.'

Heb aros am ateb aeth Jane ati i hwylio cwpaned ac eisteddodd John Elias yn ufudd a bodlon i ddisgwyl amdani.

'Diolch yn fawr i chi—wnes i fwynhau hwnna.'

57

'A minnau. Rwyf yn hoffi te Cymraeg.'

Yr oedd John Elias yn gwenu'n llydan wrth fynd yn ôl i'w dŷ i'w baratoi ei hun at fynd i oedfa'r hwyr. Am chwarter i chwech gwisgodd ei got fawr a gafaelodd yn ei ymbarél o'r gornel. Wrth gamu i'r pafin sylwodd fod y gwynt wedi gostegu. Tua'r hanner ffordd cofiodd nad oedd wedi rhoi clo ar y drws. Ond brasgamodd yn ei flaen yn dalog heb feddwl ddwywaith am droi yn ei ôl.

8   Tynnu'r Llenni

Teimlodd Mary wres y pelydryn haul ar ei hwyneb ac agorodd ei llygaid. Bob bore byddai'n bygwth gwneud rhywbeth i gau'r agen yna rhwng y llenni rhag iddi orfod matrid yn y twllwch ac i arbed iddi ddihuno mor gynnar. Dyna'r peth cynta fydde hi'n brynu pan fydde arian y compo wedi dod—llenni newydd. Pum munud bach arall yn nyth dryw y gwely i ddod ati ei hunan cyn codi. Caeodd ei llygaid eto i ddallu'r haul a phlannodd ei phen yng nghynhesrwydd moethus y gobennydd plu. Nid oedd hynny'n syndod yn y byd gan iddi ateb deirgwaith i alwad cloch fach y parlwr yn ystod oriau'r nos.

Cododd ar ei heistedd yn y gwely mor sydyn ag y gwnaethai adeg y rhyfel pan glywsai'r seiren oerllyd yn rhybuddio fod y gelyn yn agos. Agorodd y llenni led y pen a rhuthro am y grisie. Arafodd ei cham wrth ddrws cilagored y parlwr ac aros i wrando. Clywodd ymdrech yr anadlu fel pwmp y gwaith yn sugno dafnau ola'r dŵr o'r gwaelodion dirgelaidd. Camodd i'r parlwr ar flaenau ei thraed a rhoddodd ochenaid o ryddhad wrth glywed y llais rhydlyd yn ei chyfarch.

'Gysgest ti rywfaint?'

''Nôl a 'mlan tweld.'

'Flin 'da fi.'

'Paid bo'n ddwl.'

'Trysto gei di fwy o lonydd heno.'

Ac ymdrech y geiriau cwta'n ailddechrau'r peswch yn gwmws fel pe bydde Harri'n agor llifddorau a fu'n cronni yn ei frest dros oriau'r nos. Brysiodd

Mary i godi ei phriod ar ei eistedd ac estyn am y badell a gadwai'n unswydd at y pwrpas a dal y poer cyn iddo ddwyno'r carthenni. Wedi i'r pwl fynd heibio aeth i ben pella'r ardd i arllwys y llysnafedd melyn. Yr oedd y smotiau bach du yn nofio ynddo heddiw eto, yn union fel yr wyau broga y byddai'n eu casglu slawer dydd o gwteri Nant y Bugail. Daeth yn ôl i'r ystafell a heb air pellach aeth â'r pwcedaid piso i ganlyn y fflem. Ei harfer fyddai ei arllwys dros y lawnt gefn ond rhois y gorau i hynny wedi sylwi fod y borfa yn annaturiol las yn y gornel honno. Hynny wnaeth iddi gofio am hen rigwm y clywsai ei thad yn ei adrodd adref ar y fferm 'slawer dydd,

Pisho'r ci sy'n glasu'r gwelltyn,
Pisho'r ast wna'i losgi'n felyn.

Aeth ati i hwylio brecwast. Doedd yna ddim cig moch ac wy a bara sa'm heddi. Llwyed neu ddwy o fwyd llaeth, dyna i gyd. Fydde llawer un yn gweld hynny dipyn haws, yn enwedig ar awr felly o'r bore, ond mi fyddai ond yn rhy dda gan Mary wneud brecwast iawn unwaith eto a gwybod y bydde Harri wedi ei hen dreulio cyn llenwi dwy ddram o lo a dod adre'r prynhawn yn awchu am ei gawl a'i datws potsh. Ond yr oedd pleser paratoi pryd wedi peidio â bod.

Yr oedd Mary wedi sylwi gymaint â phum mlynedd yn ôl, ond heb feddwl ddwywaith am y peth am wythnose lawer. Bob tro wrth ddringo'r rhipyn bach ar y ffordd o'r capel roedd Harri wedi dechre gwneud esgus i oedi. Wedi cofio'n sydyn am rywbeth a ddwedodd y pregethwr—sylw rhy bwysig i'w adrodd ar gerdded. Neu falle bydde fe'n aros i brodio'r clawdd â'i ffon a dweud ei fod e'n siwr iddo glywed neidr yn siffrwd yn y dail. Ond o dipyn i beth aeth yr un stop yn ddwy ac yn dair ac aeth y siwrne chwarter awr sionc yn ymlusgfa fyglyd, lesg. Cyfaddefodd Harri o'r diwedd fod y dringo'n ei drechu a bu'n rhaid iddo aros o'r capel. Ond yr ergyd fwyaf oedd gorfod ildio ei waith a ffarwelio â'r ffâs. O ddydd i ddydd aeth ar ei oriwaered a chael fod hynny'n fwy poenus hyd yn oed na dringo rhiwiau. Aeth y stâr yn ormod a daeth y gwely i lawr i'r parlwr ffrynt.

Ond yr oedd rhywbeth mwy na cholli gwynt wedi cadw Harri o'r capel. O dipyn i beth fe gollodd flas y moddion. Dyn ar ei ffordd yn ôl o Ddamascus ydoedd a'i Ananias gwyrdroëdig oedd ei gefnder Matthew a oedd, ar waethaf ei enw ysgrythurol, yn anffyddiwr rhonc. Treuliodd y cefnder hwn dymor yng Ngholeg Ruskin ac yr oedd hynny'n ddigon i argyhoeddi Harri ei fod e'n 'sgolor ac yn gwbod beth o'dd e'n siarad ambythdu'. Yng ngolwg Matthew cythreuliaid mewn croen oedd perchenogion y gwithe glo a nhw oedd yn gyfrifol am bob anghyfiawnder o dan haul Duw, petai yna Dduw yn bod. 'Paraseits bob wan jac. Byw ar gefen y gwithwrs. Fe ddwgen nhw fwg dy gachu di 'sen nhw ond yn gallu.' Felly y terfynai llith Matthew bob cynnig. Ac er mwyn gyrru'r maen i wal ymennydd a chalon Harri fe fu'n cario pob math o lyfrau a phamffledi iddo, pob un yn pregethu chwyldro ac yn disgrifio'r dulliau trahaus y byddai'n ofynnol i'r gweithwyr eu mabwysiadu er mwyn codi'r iau o gefnau gweithwyr gonest. A fe lyncodd Harri'r cwbwl mor hawdd, os nad yn haws, nag oedd e'n llyncu'r moddion at ei frest.

Hyd yn oed wedi i Harri fynd yn orweddog, fe ddeuai'r llenyddiaeth yn gawod wythnosol at erchwyn ei wely. Yn wir, yr oedd ei frest wan yn brawf pellach o gryfder dadleuon y cefnder anghrediniol. 'Falle gallan nhw ddim twgid mwg dy gachu di, ond ma'r diawled wedi twgid dy ana'l di on'd y'n nhw! Otocrats ti'n gweld, a dyw gwŷr y capeli 'ma ddim tamed gwell. Lot o werth yw yr opiwm 'na i ti nawr ontefe? Llynca di faint fynno ti o'r stwff, ond smo hwnna'n mynd i dy wella di cred ti fi.' A chyn sicred ag y byddai perorasiwn Jones Gweinidog yn terfynu yn y nef uwchben, felly hefyd y byddai perorasiwn Matthew yn diweddu mewn nefoedd ar y ddaear.

O dipyn i beth cafodd Harri fwy o flas ar foddion ei gefnder, moddion digon hawdd i'w lyncu ac mor felys nes o'r diwedd fe'i chwerwodd oddi mewn.

Bu amser pan fyddai'n adrodd 'Dai' J.J. ar hyd eisteddfodau a chwrdde pishine yr ardal, ond heb erioed ei ddeall yn iawn:

> Bachan bidir yw Dai, 'tawn i byth o'r fan,
> Ma' fa'n scolar lled dda, ac yn darllan shew;
> Un dwarnod da'th rhyw lyfir Sysnag i'w ran,
> Ac fe'i hoerws i gyd, ishta pishin o rew.
>
> Doedd e'n lico dim byd yn y capal yn awr
> Ond amball i brecath ar gyflog a thai,
> Roedd e'n stico'n y tŷ a'i wep 'shag i lawr,
> Ac yna'n y diwadd fe ddantws Dai.

A danto wnaeth Harri. A phan geisiodd Jones Gweinidog ei atgoffa am benillion ola'r gerdd a bod Dai wedi troi eilwaith i wynebu Damascus fe atebodd Harri nad oedd hynny'n ddim byd mwy na ffansi a rhamant bardd o weinidog nad oedd yn byw yn y byd real.

Ond bore heddiw y mae'r llyfrau yngháu ar y bwrdd ym mhen draw'r parlwr ac ymhell o'r erchwyn.

Gwisgodd Mary fwgwd bach o fwslin gwyn am enau Harri tra bydde hi'n codi'r lludw o'r grat ac ailosod y tân. Roedd angen ychydig wres ddechrau Hydref fel hyn, yn enwedig gan fod y ffenest at ei hanner ddydd a nos. Mwy na hynny, mi oedd rhaid cadw'r tegil i ferwi'n gyson i gadw'r aer yn llaith. Er, wydde hi ddim faint o les wnâi hynny gan fod hanner yr ager yn cael ei sugno drwy'r ffenest agored. Rhoddodd fatshen i'r tân ond diffoddodd papur gwrthnysig un o gylchgronau Matthew cyn i'r coed gymaint â thwymo, heb sôn am afael.

'Damo'r co'd 'ma!'

Do'dd hi ddim wedi arfer dechre tân â rhyw frigau gwlyb, hanner byw. 'Slawer dydd mi fydde Harri'n dod â phlocyn bach sych o'r gwaith—ei guddio dan ei gesail rhag i'r rheolwr sylwi—a'i hollti â'r fwyell i wneud darnau bach taclus yn y grat. Trueni na fydde'r rheolwr surbwch wedi dal y gweithiwr gonest yn twgid ei lwch gwerthfawr hefyd.

'Dishgwl ar y grat 'ma. Ishta nyth brân.'

A gyda'r drydedd fatshen gafaelodd y coed heb lwyddo i danio'r glo.

'A damo shwd lo 'ed weda i.'

'Rhaid i ni bido achwyn—o leia smo ni'n gorffod talu amdano fe.'

Bu'n agos iddi ateb eu bod nhw'n talu â rhywbeth heblaw arian. Ond brathodd ei thafod mewn pryd.

Fel glôwr wedi colli ei iechyd mi oedd gan Harri hawl i ambell lwyth glo yn rhad ac am ddim, ond roedd Mary'n argyhoeddiedig fod perchennog y gwaith mewn cynllwyn â'r rheolwr i ofalu taw hen lo marchlyn fyddai'r glo di-dâl. Do'dd e ddim yn llosgi'n lân, a bob bore mi fydde'r grat yn llawn dop o ludw. Nid fel y glo oedd hi'n arfer ei gael—bydde hwnnw'n llosgi mor llwyr, ac os oedd rhaid mi allai wneud tân heb drafferthu codi'r ychydig ludw adawyd o'r diwrnod cynt.

Gosododd y papur a'r coed y drydedd waith a chododd o'i chwrcwd. Rhedodd flaen ei bys dros y silff ben-tân. Dim ond ddoe ddwetha ro'dd hi wedi bod wrthi'n dwsto a chŵyro nes braidd gallu gweld ei llun yn nisgleirdeb y silff farmor. Ond heddiw mi oedd ei bys yn ddu a'r silff yn bŵl.

'Ma'r lluwch 'ma'n mynd i bobman.'

'Ody . . . wy'n gwbod.' A'r beswchad sych yn atalnodi'r ateb.

Yna gwelodd Mary ei hwyneb yn edrych arni o'r drych uwchben y lle tân a dechreuodd ei astudio'n fanwl fel petai'n wyneb rhywun diarth. Cofiodd fel y byddai'n ymbincio o flaen y drych yn ffermdy Nant y Bugail 'slawer dydd cyn mynd i gwrdd â Harri. Clywodd unwaith eto gerydd ei mam yn gweiddi arni wrth iddi drotian ei ffordd dros y clôs.

'Ddaw dim da o gwrso hen goliars, 'na fi'n gweud 'thot ti. Difaru 'nei di, marca di 'ngeirie i.'

Gwyddai Mary lawn gystel â'i mam fod Ifan Llety'r Ych, unig fab y ffarm fwyaf yn yr ardal, wedi dwlu arni. Gwyddai mai breuddwyd fawr ei thad a'i mam oedd gweld merch iddyn nhw'n dod yn feistres Llety'r Ych. A dyma hi wedi dewis tŷ teras yn hytrach na'r ffermdy hynafol, crand. Dyma hi â holl faich gofalon ar ei hysgwyddau unig lle gallasai fod morynion yn rhedeg ar ei rhan. Dyma hi â gŵr diymadferth yn ei wely cul tra bod hen lanc bochgoch

Llety'r Ych y funud hon yn anadlu awyr iach wrth gamu ar hyd ei erwau llydan.

Mor welw oedd yr wyneb yn y drych, fel petai'n gwatwar y cylchau du o dan ei dwy lygad. Fel hyn bydde llygaid Harri wedi iddo ymolchi. Fe'i gwelodd ganwaith yn y twba o flaen tân y gegin, y dŵr a'r sebon yn golchi'r llwch o'i gorff gwydn, cyhyrau ei freichiau'n sgleinio'n wyn dan y sebon ac yn diferu dan y dŵr. Ond peth arall oedd cael gwared â'r llwch o'r llygaid. Dyna un o drafferthion pob glöwr. Ac wedi'r 'molchi mi fydde Mary'n rhwbio eli yn llygaid ei gŵr nes bod rheiny hefyd yn lân fel ei gorff. Yr oedd yn hen bryd iddi hithe fynd i ymolchi'r wyneb yma. Ond nid oedd eli at y llygaid hyn, dim ond ychydig bowdwr twyll.

'Ma'r glo wedi gafel.'

'Beth?'

'Y tân, ma' fe'n dod.'

'O . . . ody . . . diolch am 'nny.'

Pan ddaeth Mary yn ôl o'r gegin roedd hi'n edrych dipyn mwy sbriws. Roedd y tegil yn canu a Harri'n pendwmpian i'r miwsig tawel. Arllwysodd ddŵr berw ar ben y dŵr oer yn y badell a dechrau molchi Harri yn y gwely. Tynnodd y clwt yn dyner dros ei dalcen a'r tyllau dyfnion yn ei fochau. Gwasgodd y clwt cyn codi'r carthenni i olchi rhan isaf ei gorff. Roedd hi'n dal i synnu ei bod hi'n gallu gwneud y fath beth. Yr oedd yn syndod mwy fod Harri'n gadel iddi wneud. Ni fu'r naill na'r llall yn rhyw barod iawn i arddangos eu cyrff fwy nag oedd rhaid. Doedden nhw erioed wedi caru heb ddiffodd y gole. A hyd yn oed wedyn mi oedd rhaid i bopeth ddigwydd o dan y carthenni. Ond mi oedd pethau'n wahanol nawr a daeth y gorchwyl i ben heb gynnwrf yn y byd. Nid oedd y gŵr yma'n ddim mwy na chlaf. Nid oedd y wraig yn ddim amgenach na nyrs.

'Diolch. Ti'n dda, whare teg i ti.'

'Ti 'di blino ar ôl 'nna on'd wyt ti?'

'Odw, rhywfaint.'

'Tria gau dy lyged am sbel fach. Af fi i ti ga'l llonydd.'

Aeth Mary o gylch ei gwaith yn y gegin. Pan ddychwelodd i'r parlwr ymhen yr awr yr oedd Harri'n cysgu'n drwm. Roedd yn anadlu'n ysgafnach nag arfer heb ddim o'r hen wich oerllyd y daeth mor gyfarwydd â hi dros y misoedd. Roedd e'n edrych yn well os rhywbeth hefyd ac roedd Mary'n amau bod ychydig o wrid wedi dod yn ôl i'w ruddiau. A rhaid ei fod e'n cael breuddwyd fach ddigon melys, yn ôl yr hanner gwên ar ei wyneb.

Gollyngodd Mary ei hun i esmwythder y gadair wrth y tân, ac yng ngwres hwnnw a sŵn cân y tegil caeodd ei llygaid. Rhaid ei bod hi wedi cysgu'n hir oherwydd pan ddihunodd roedd y tân wedi diffodd, y tegil wedi tewi a'r parlwr yn oer. Roedd Harri'n para yr un mor dawel, ei fraich dde wedi llithro dros erchwyn y gwely yn union fel pe bai wedi cysgu wrth ddarllen a gadael i'r llyfr lithro o'i law. Cododd Mary y fraich ysgafn yn ofalus a'i rhoi at y fraich chwith a oedd eisoes yn gorwedd yn esmwyth ar ei frest. Tynnodd y garthen at ei ên i'w gadw'n gynnes. Roedd yr hanner gwên yn dal ar ei wyneb. Rhedodd i'r tŷ drws nesa i ddweud ei bod hi'n credu fod Harri wedi cael tro er gwell. Daeth y gymdoges garedig yn ôl gyda hi i'r tŷ. Rhois hithau un edrychiad ar Harri, a heb air o'i genau caeodd ffenest y parlwr a thynnodd y llenni at ei gilydd. Ni allai yr un llygedyn o haul chwilio ei ffordd rhwng y llenni hyn.

Llyfrau eraill gan yr un awdur

Straeon Ffas a Ffridd
Meirion Evans
ISBN 1 85902 333 9
Gwasg Gomer, 100 tud. £4.50

'Bydd y gyfrol hon yn sicr o blesio'r darllenydd sydd am fwynhau straeon comedi—a daw'r ddarllenydd hwnnw i wybod tipyn hefyd am hanes pobl a thraddodiadau cymdeithasol pentrefi'r de.'
Ken Beynon yn *Barn*

Straeon Ffas a Ffridd: Yr Ail Gyfrol
Meirion Evans
ISBN 1 85902 443 2
Gwasg Gomer, 116 tud. £4.75

'Fel cerddor yn nyddu amrywiadau ar ddarn o fiwsig, felly yr â'r awdur rhagddo yng nghwmni Wil Hwnco Manco ac Ianto Piwji. O'r naill sefyllfa i'r llall, gellir gweld helbulon pethau'n magu ar y gorwel fel storm daranau . . . Mae'r dafodiaith mor hyfryd ag erioed.'
Robin Williams yn *Llais Llyfrau*